趁好趁好

赵静 著

上海三联书店

目 录

自 序

十年前，我坐在纽约最古老的图书馆，在那里写下第一篇关于纽约的文章时，不曾想过十年后，会有一本关于纽约的书出版。

七年前，我从纽约学成而归，不仅带了一张文凭，还带着走遍美国二十五个州的经历，不曾想过七年后，那张文凭和走遍美国的日子最后会成为一本书。

四年前，我去纽约故地重游时，发现自己依然爱着纽约，但一直没想过用什么方式来留住心里的那份爱，不曾想过四年后，那份爱会用一本书来纪念我与纽约的故事。

一年前，我带着游历各国的散文去找出版社时，以为去过朝鲜，开车自驾过非洲，在海与洋的交界处让一群持枪的阿拉伯男人帮我挖车才是最值得娓娓道来的人生经历，不曾想过一年后，我会有一本纯粹的关于纽约的书。

在纽约读书的日子异常苦闷，几乎忘记纽约是世界上最繁华的城市之一，这座霓虹闪烁的繁华都市留给自己的是孤独和寂寞。我去纽约时才开始写作，写博客只为给家人朋友分享我在纽约的学习生活工作，不曾想三年下来，竟然写了二十万字。

十年后，再看自己写下的文章，我对文中的一些观点和认识已有了很大变化，从陌生到熟悉，发现自己与纽约的不解之缘并没有因为我离开纽约而结束，我把这本书的时间定格在了十年前的我与纽约。

修改书稿与出版是一个漫长而忐忑的过程，深知自己浅薄的认识不足以照亮他人，但愿读到这本书的朋友能在看到某句话或某个地方时会有同感，这种同感能让我们在书中有一种似曾相识的感觉。

我不是科班出身，更不以码字为生。即便是短暂的财经记者生涯，我写的多数是专业财经类的文章，考验的是专业知识能力，而不是文学写作水平。

写作，其实是一场精神上的独舞。这十年，我从来没有停止过写字，不管以何种形式在任何地方，我在文字的世界里沉醉，我把这份孤独和寂寞当作是灵魂的盛宴。

我的父母是新疆兵团人，他们为祖国的边疆建设奉献了一生，他们有着兵团人勤劳善良吃苦耐劳的精神，边疆苦寒的环境又让他们成了非常乐观开明的人，他们是中国少数把孩子是否快乐放在第一位的父母，感谢他们成就了我精彩的前半生。还要感谢我的姐妹们，是你们承担了照顾父母的重任，让我的人生成了诗和远方。

借此机会，衷心感谢微言传媒总经理周青丰老师对我文章的肯定，在他的鞭策下才有了这本书。还要感谢八十岁高龄的清华教授在医院针灸时还拿着书稿在修改，他的精神让我知道什么是学者风范。还有几位我的良师益友在书未成稿前成为第一批读者，再次感谢你们对我书稿做出的贡献和提出的宝贵意见。

感谢未曾谋面的读者朋友们，愿你们给我的文字赋予新的生命。

赵静

2019 年春，于北京

别了，北京

　　8月22日，我起得很早，希望把家里能安排更好一些。多天来连续奔波，加上总觉得还有很多事没有处理完，还有很多朋友没有通知到，但我只能把这些没有处理完的事交给我最信任的朋友们去帮忙了。最终，我带着满腹心事及疲惫的身体离开北京。那一夜，我几乎彻夜未眠。

　　我提前三个小时到机场，暑期的首都机场可以跟火车站相比，托运行李、办手续差不多花了一个小时。在国际通道那里与朋友分手道别时，我最终还是没有忍住泪水……当我转身走向通道的那一刻，我没有再回头，也没有勇气再回头看看，我怕自己有太多的不舍，怕自己对未来的恐惧把自己打垮。那一刻我走得很快、很坚决，我想纽约需要我从那一刻开始就应该有这样的决心；从那一刻开始，我也不允许自己再走回头路了，无论前方是黎明，还是黑暗，是平川，还是荆棘，是幸福，还是悲伤，我都不能再回头。脸上的泪水已经让我有些无法看清眼前的路了，心里只是反复地告诉自己：别了，北京！

　　飞机上的13个小时，过得很快，除了两顿饭没睡过

自由女神

眼睛——这些天实在太累了。但好几次醒来都是被冻醒的，
忍到不能再忍时，我问空乘要毯子，结果空乘告诉我飞机
满员，没有一条多余的毯子，我只能在睡梦中不时地揉搓
着双臂，以求能摩擦出点热量。13个小时坐着睡，虽然
没觉得时间难熬，但下飞机时，还是感觉腰酸背痛，整个
人像散架了似的。通关比我想象的以及国内的朋友们说的
简单多了，不知是老美效率高，还是中国人想复杂了，相
比从中国出来，美国海关过得还简单些。

　　拿了行李出来后，在接站口找了半天也没有看到写着

曼哈顿街头

　　我名字的牌子，拿出手机一看，同屋的男生已经给我打过电话了，我没听到。来之前我已经邮件电话联系了他们，他们先到的美国，已租好了房子，我还让他们帮我买了床，我到时他们说接机，心里非常感激！

　　在这里也提醒以后想出国的朋友们，一定要通过任何能联系的方式，在国内时联系上同学，大家能有个照应。我等了一会就看到了他们拿着写我名字的纸走过来了，一切都很顺利，有两个男生帮忙搬行李，还有专车来接，给了30美元油钱，觉得省了很多事。后来才知道，班里有其他人是自己打车到住的地方，大都花了130－140美元，而且还都是自己搬行李，那时我感觉自己很幸运，因此，出国前联系好同学还是很重要的。

　　到了住的地方，已比较晚了，那个广东的男生早安排好了，说到了之后吃火锅方便些，没想到火锅底料这么快就用上了，此时又在心疼我那两包被海关没收的火锅底料了。吃完饭，他俩建议我早点休息，说实话自己也觉得很累了，飞机上的寒气在吃完火锅后逐渐散去，但浑身散架的感觉还是没有减轻。以往的经历是，就算是到半夜我也会收拾妥了再去睡，这样才睡得踏实，但这一次实在无暇顾及，心里在想，难道这13小时的飞机真的把我打倒了。

　　睡了几个小时，自己醒了，感觉脑子清醒，但浑身无力，出虚汗，慢慢让自己清醒了一下，才意识到我发烧了。此时，心里那叫一个难受啊，欲哭无泪。俗话说，没什么可千万不能没钱，有什么可千万不能有病。没想到来纽约的第一天夜里就发烧了，怎么办，吃药还是不吃药，药在哪里，感冒药在哪个箱子里（我总共带了四个箱子两个包），真的不记得了，不但这个不记得了，就连起床似乎都有困难了。我躺在床上，思维清晰但浑身无力，似乎看到一个穿着白衣服戴着小粉帽的小护士，婀娜地朝我走来，她笑得很美，像是在鼓励我起来吃药。

　　真是人算不如天算啊，上一次生病应该是在4年前的司法考试时。最近几年很少感冒，有点伤风板蓝根都能解决，走时差点认为药对我来说可能是多余的，没想第一天就要用了。在这里我一定要感谢我的好朋友，那个美丽的

雨后彩虹

　　小护士，走前我实在没有太多的时间准备了，再说我也没有什么药的常识，就请她帮我准备药，从我打电话到她给我准备药不到 24 小时，她就全部准备齐了。我去她单位拿药时，她正在上班，我在停车场等她，当我看到她时，她穿的就是白色护士服戴着小粉帽，看到她给我准备的药更是让我吃了一惊，她准备得太全了，整整一小箱，还给我打了清单，有什么药，什么时候吃什么药，怎么吃，当时是为她的认真而感动，现在我感觉她就像一个天使。又休息了一会，才爬起来找药、吃药、继续睡。

　　这就是我第一天的纽约生活。

纽约第一周，我一直在生病。

第一天，班里的两个男生带我去买生活必需品，虽然我很累，有些发烧，但我没告诉他们我生病了，更不好意思说我走不动，因为是人家陪我去买东西，且第二天还要上课，我怎么能说不去。跑了一上午，最后感觉像要虚脱，好不容易坚持回来，发烧、咳嗽、出虚汗、流鼻涕，大白天困到不行。

第二天、第三天……第五天。每天上完课还需要去办理学校注册手续，办理美国的银行卡、地铁卡、图书证、去打针（到了美国注册学籍必须得有你打过荨麻疹疫苗的证明卡）。这五天过得极度黑色，感冒到第三天的时候，我还时不时发烧流鼻涕，我甚至在怀疑自己是不是被传染了H1N1，仔细回忆自己乘飞机的过程，感觉没这么背吧，也没和谁近距离说话，飞机上我周围的人都是中国人，除了空乘是外国人，过海关时也不太可能啊，越想心里越觉得没谱。

这些天，每天回来第一件事就是睡觉，忘记自己是在倒时差，身上的无力，让我感觉上课和生活干什么都很力不从心，天天怀疑自己是不是真的老了，不适合出来上学了。我甚至怀疑自己生存的能力，没有一点觉得自己有更多的社会经验而有什么优势，几乎绝望地想，在纽约我能自己生活和学习吗？

这种情况在我来纽约的第六天结束了，同学们到纽约的时间早，都打过针了，我不得不自己去医院打疫苗。周六的清晨，纽约下着雨，我一路上有些紧张，在医院排队领表，等待打针，一切都进行得非常顺利，回到家中后，心情才算放松，想想这几天的茫然，突然觉得有一些窃喜。

来纽约的第七天，周日，还在下雨。教授要求买书，我们在网上找好了曼哈顿书店的地址，一路看着地图，没费多少周折便找到了书店。

订完书后，同学们说时间还早，不如从这里直接去自由女神像吧，出门时没有安排这个项目，所以我们也没有提前在网上查线路，还好这个地方纽约人都知道，问了一个黑人，这哥们特热情，讲得特详细，告诉我们怎么坐地铁，刚好他也坐那趟车，就在快到的前一站他还特意过来提醒我们下一站下车，这让我们非常感动。在后来的外出过程中，我们感觉到美国人还是非常非常友好的，这不禁让我想起北京胡同中树荫下乘凉的大爷大妈们，他们的热情一样让人感到温暖。

上／世贸大楼遗址
下／美国降半旗

我们从地铁出来，先经过一个公园，在那里我看到有许多人在一个火盆前拍照，火盆后面是一个看起来是废铜烂铁做的球状的东西，我有些诧异，不知道大家为什么在这里拍照，走近看到旁边的牌子上有介绍，才知道这是世贸大楼遗址的残骸做的这么一个纪念标志。

穿过公园，就到了自由女神像的售票处，自由女神像在一个岛上，需要先买船票再上岛，我看到票价是12美元和20美元两种，但没看到有什么区别。后来有个中国人用中文告诉我们，12 美元的就是没有导游的，20 美元是带导游，恍然大悟，赶紧谢过。

关于自由女神的来历，想必很多人都知道，自由女神像不仅是纽约的地标，更是美国精神的代表。我参观自由女神这天，正是美国前总统肯尼迪去世的第二天，美国降半旗致哀，因此，我在阴雨天中和来自世界各地的游客在自由女神像前哀悼了这位美国的前总统。

从坐地铁找到目的地，再到坐船上岛，我一路都很兴奋，除了兴奋更多的是放松，更找回了一些自信，因为这些天我一直处于紧张状态，怕自己丢了，纽约的地铁和公交是不报站名的，而且公交还不是站站停，需要你提前按下 stop 车才会停，而从今天开始我才觉得一切似乎没那么难，适应了纽约，还是很容易找到你想要去的远方。

在纽约的第一周，对我来说是黑色的、迷茫的、恐惧的。

同居生活

从我大学毕业后，就一直租房。直到去年，我才结束了自己的租房时代。在过去的十年中，我过着居无定所的生活，最高的纪录，曾在大学刚毕业的两年里我搬过十次家，和所有北漂一样，什么样的房子都租过，这种经历现在想想，也就这么一步一步地走了过来，那时的辛酸已成过往，现在反而觉得人生的每种经历都是值得回忆的。

刚住了自己的房子才一年，我又重新开始了租房生活。我在纽约租的房子，美国称这种房子叫 house，而不是 apartment，在中国应该是 townhouse，有前后的小院子，我的房东是中国人，院子里没有种花，周围邻居的院子都很漂亮，种了许多花，我仔细观察过，就我家的院子最光秃了。

我租的房子共三层，地上两层，地库的那一层其实也在外面，不是地下，所以跟中国的地下室还是有区别的。房东是个温州人，来美国多年的老移民，房东家自住一层，我们四个学生住二层，一层二层不从一个门进，所以互不干扰很方便。

二层是三室一厅一厨两卫的房子，我们四个人，两男两女，一男住客厅，我住的是这层中最好最大的房间，带独立卫生间，但价格也比住客厅要贵100美元，其他地方都是共用的。下面介绍一下和我同住的三个人吧。

北京男。二炮大院长大的小子，说话一点北京腔没有，时不时还有点南方腔，对北京的文化及很多事情不知道，还不如我了解的多，我们常说他不是北京人。大学毕业一年，没找工作，也不想工作，自称自己是眼高手低型的，小事不愿做，大事没人敢让他做，没办法就出国读书来逃避工作。这哥们特有意思，在中国时，让他干正经工作他不愿意，来纽约才一周，就在家门口的麦当劳给老头老太太发小纸条要帮人家打扫卫生，每小时10美元。我在想，为什么有些人会愿意在美国打扫卫生挣美元，而不愿意在中国找一个正经八百的工作呢。

这哥们天天想着拿绿卡，自称只要能有绿卡用什么方式都可以，特羡慕我们是个女的，很容易找个老外嫁了就能拿到绿卡了，但是男的很难走结婚这条路拿绿卡。他见谁都打招呼，希望能认识很多美国人，交几个朋友，想着没准什么时候就能用上。我们的邻居在麦当劳上班，这哥们没事总跟人家聊天，熟悉了之后，他天天晚上去麦当劳看书，最多一次，一晚上这哥们吃了六个免费的汉堡包。邻居天天给我们拿免费的麦当劳吃，有时赶上我们刚放学回来，看到门上有挂着的麦当劳袋子，我们也感谢这哥们天天出去社交的功劳。

北京女。自称是北京胡同里长大的，说地道北京话，做地道北京人，来美之前曾在新东方教过一年多四、六级考试。她是比较典型的八零后，在北京自己开车、泡夜店、去杀人吧、抽烟，等等，所有年轻人玩的时髦的东西她都玩。她属于性格开朗，大大咧咧，不拘一格，和很多爱美的女孩一样，出门时绝对把自己打扮得美丽动人，但其房间也绝对是凌乱得无处下脚，自称是有生活气息的房间。

广东男。大学刚毕业就来留学，武汉大学数学系的学霸。在我还没到纽约时，我通过中介机构联系在纽约读书的人，他第一个给我打的电话。因为还没来之前我知道在纽约读研究生，学校都不提供住处，所以我想先联系好在纽约读书的同学，如果他们有意愿合租，就可以给我打电话。

经过我多方联系，在我走的前几天，北京时间凌晨4点，我接到了来自国外的电话。当我听到电话那头是个南方口音的男生在跟我说话，说我们是一个学校的，他们在看房子，是一个 house，现在还差一个人，问我是否愿意加入，我那时还在国内，当然是欣喜若狂，人还没到美国，已有人联系好，简直就是天上掉馅饼，我立刻同意。

在后来的几天中，广东男天天给我打国际长途说房子的事，我当时就是觉得南方的男人真细心，把房子介绍得那叫一个详细，把我的情况问得也叫一个详细，连我戴不戴眼镜、高矮胖瘦等情况都问了，就差问腰围几尺了。最后我忍不住问他是哪里人，他说是广东人。我当时就想，好有代表性的广东人啊。

在后来的日子里，这个广东人真的名不虚传啊。他对吃饭的讲究，让我和二炮那哥们觉得来美国之后，没有天天吃汉堡的痛苦，反而感觉天天像过年。虽然我们每天只在家吃一顿，但基本一周我们不吃重复的，每顿饭都有汤，当然每天的汤也不会重复。刚来那些天，他每天晚上还跟他妈妈视频研究半个小时吃的，这哥们还真有做饭的天分，每次问完后第二天做的那些什么罗宋汤、炖牛腩、红烧肉，还都真是色香味俱全。

我到纽约之后，第一天晚上我们就开了个家庭会议，对家里的工作进行了分工，广东男当时就说他对吃饭比较讲究由他来做饭，二炮那哥们连面条都不会煮，结果就只能选择洗碗。广东男第一次见到北京女就有意，所以故意安排北京那姐们帮助做饭的人洗菜，这样他们能在厨房有独处的机会。家里公共的事务就只剩倒垃圾了，所以我只能选择倒垃圾。这对我来说太轻松了，都让我不好意思了，所以大家就商定，我是家里的二厨，广东男不在的时候，由我发挥做饭，在后来的日子里我很少做饭，只管把垃圾

色香味俱全的饭菜

分好类，生活垃圾、报纸、瓶子等放进不同类的垃圾桶。在美国，如果垃圾不分类，房东会接到罚单。

这就是我在美国初期的同居生活，但这样的合租其实没有超过两个月。长期以来，我在北京过着单身生活，家里永远都是我一个人，我原本一直在担心我过集体生活的能力，但现在证实，我还是能过好集体生活的，我以为这样的同居生活能持续很久，第一个月我们过得很快乐、很融洽。

接着，当你们四个人中，有两个人三天宣布恋爱，一个月正式住在一起，变成一个小集体的时候，我们大家都觉得周围的环境在发生着变化。留学，这里的友谊经得起平淡，经不起风雨；这里的爱情经得起风雨，经不起平淡。

美国日常

　　来纽约一周后，我消除了恐惧。出门在外，独立生活的能力很重要的。来纽约两个月后，我搬到了自己的新家，属于我一个人的温馨小屋。

　　来纽约三个月，我对纽约已经算是慢慢适应。对吃的、喝的、玩的、购物的地方大概都有了方向。去吃过自助烧烤，吃过牛排，吃过火锅，对于买东西要交税，有服务人员的一定要给小费都已经开始习惯了。这三个月时间，这个资本主义国家的一些优点也开始迷惑我了，以前也提到过一些，现在总结一下，我发现了美国的哪些优点。

　　美国的空气真好，我的鼻孔从来没有黑色，哪怕在外面待一天也都是白的。两个多月没擦过鞋，因为鞋底都是干净的，别说鞋面了。

　　美国的水好。美国街头很少有卖矿泉水的。不像北京到处都是卖矿泉水的，而美国所有的冷水都是可以直接饮用的，因为美国人不喝热水，所以到处都可以喝到冷水。我来到美国之后，不用每周去三次健身房，也不用天天喝蜂蜜水了，但也不再便秘了，不小心吃个梨还会拉肚子，我现在虽然经常会吃汉堡，但我的腰围直线下降，腹部几乎没有一点赘肉，估计腰围现在一尺九，我不敢继续再瘦了，再瘦下去我的衣服都不能穿了，担心瘦太多，我已把我全天的主餐调整到了晚上。我总结原因，是因为美国的水好，我们用的电热水壶快三个月了，没有一点水垢，所以连我多年的顽症便秘都好了。曾经，每年回新疆的时候，便秘的症状会减轻，妈妈告诉我是水的原因，我当时不觉得她说的有什么依据，现在看来她是正确的。

纽约的地铁真的是四通八达。刚来那几天，我对纽约的地铁是痛恨之极，因为八月份纽约的地铁站里像个大蒸笼，热得要命，当时在想，这就是纽约啊！地铁站里没有空调，等车真的是很热，但地铁车厢里又冷得让我穿外套。我觉得这里的地铁站又热、又旧，简直没法跟北京的比。但后来，我慢慢觉得纽约地铁的实用价值和方便程度，是北京地铁根本不能够相提并论的。我到现在没弄清楚，我天天上学的那一站到底有多少个出口，是十个还是二十个，真不知道。我天天坐车的那一站，到底能够换乘几条地铁线，是六条线还是七条线，这个地铁站到底有三层还是四层，这些我真的都没弄清楚。在纽约，乘坐地铁非常方便，据说纽约市长上班天天也是乘坐地铁。但是，美国除纽约有这样方便的地铁，其他地方的交通基本都是私家车。

很多地方免费。公园、图书馆、博物馆（个别少数是

中央公园日光浴

以捐赠形式收费）都免费。当然，现在国内多数博物馆也免费，而在十年前去美国时，遇到这么多免费的地方还是让人欣喜若狂，这也让我在美国养成了一个逛博物馆的爱好。还有在楼顶上播放免费电影的，一些公园里还有免费教瑜伽的，夏天的中央公园经常看到人们穿着比基尼在草地上晒太阳。最让人印象深刻的是医疗，如果你是急病，即使你没钱，也不论你有没有美国身份，美国的医院一定是救死扶伤，医生的责任是直到把你的病看好为止，你可以不用花一分钱就走人，这些花费据说都由美国政府来承

左上为法拉盛的中国超市，其余为曼哈顿的集市

担，我还听美国人说，美国的医院还有因为这样倒闭的呢。
其他免费的地方还很多，我还没去过，也还没有考察过。

　　水果新鲜、品种齐全价格还不贵。香蕉 0.39 美元一
磅，我第一次买到这么便宜的香蕉，0.8 美元买了 7 根香
蕉，奇异果 1 美元 3 个，我天天吃，美国大橙子 2 美元 5
个，我嫌橙子吃起来麻烦，很少买。草莓平常我买的都是
一盒 1.49 美元，差不多有一磅，味道很好，每周都会买。
新疆香梨最便宜 0.59 美元一磅，平常 0.89 美元一磅，作
为一个新疆人，我认为这个香梨一点也不比新疆库尔勒香

梨差。

我最爱吃的是樱桃，一盒差不多有一磅，是1.49美元，如果买2.99美元的就会是又大又好，这种樱桃被中国人称为车厘子，车厘子是樱桃的英文cherry的直译，但很多中国人一定认为车厘子与樱桃不一样，虽然菠萝和凤梨不一样，但樱桃和车厘子真的是一样的，车厘子只是樱桃的一个中文别称而已。

美国的柿子很有意思了，和北京的柿子不一样，是硬的削皮吃的，没有那么甜，但不用开水除涩，之前我认为柿子那么硬得放多长时间才能吃，所以从没买过，后来知道美国的柿子是硬的削皮吃的，我才买了试试，吃了之后觉得跟北京的柿子完全不一样，不过也很好。苹果就更不用说了，1美元5个，2美元5个，3美元5个，多少钱的都有，青的、红的、绵的、脆的、又绵又脆的什么样的都有，到现在我还没有全部尝一遍。其他的什么石榴、芒果、葡萄、提子我嫌麻烦很少买来吃，反正是比国内花样多，国内有的这里都有，国内没有的这里也有。

好车太多，让人眼花缭乱。美国的车便宜，我大概了解了一些，车价应该是国内车价的四分之一左右，越是高档的越便宜，有的高档车也就是国内车价的六分之一左右，反正美国的车真的是各式各样，漂亮的车太多了，很多我都不认识。美国高速公路多数是免费的，停车收费的地方也不多，只有在曼哈顿那种地方会收费，如果你熟悉了这里，你肯定在哪里都能找到免费停车的地方。

买名牌很方便，有太多的选择。纽约的时薪最低是7.5美元，在美国买双耐克鞋40美元，世界顶级名牌多数也就是几百美元，上千美元的衣服很少见，而且在美国租礼服非常普遍，所以很多时候都不用买这么贵的衣服，租衣服就可以了。但在中国，很多人也只挣几千元人民币，但一双耐克鞋500至900元不等，商场的衣服300元以下的都比较少，上千上万的衣服也很常见。

美国的机票非常便宜。我从北京到新疆一趟来回至少2000元人民币，而在美国，圣诞节前后如果我订从纽约到洛杉矶来回的机票（这个距离和北京到新疆差不多）也就1000元人民币左右，淡季时提前很早买票的话，最便宜的来回500元人民币都能买得到。

美国化妆品的价格就更便宜了。真的比在国内买大宝的价格还低啊。潘婷之类的洗护用品，国内四五十人民币的大瓶，在这里有打折时才四五美元，而且质量还不是一个档次的，我感觉要比国内的效果好很多。欧莱雅都是超市卖的化妆品，商场都很少有，欧莱雅一般在15－30美元，折人民币后还比国内便宜一半，欧莱雅的睫毛膏打折时才6美元，加税折人民币大概才六十多元。倩碧、雅诗兰黛也就是几十美元。美国人挣的是美元，而他们成本很低就能用到这些国人眼里的世界名牌。

　　来这里一个月时，我买东西结完账喜欢乘七，买四个包子一块两毛五，乘以七后9元钱四个包子，慢慢感觉如果都乘以七的话，我只有饿死在这里了。如果你挣人民币来这里花那当然是美国什么都贵，但如果你按美元的收入比的话，那真的是生活成本太低了。

　　我的同学们都还没有考美国的驾照，也都还没买车，平时我们都是乘坐公共交通工具，这次是我来纽约后第一次乘坐私家车。我们开车很快就上了高速公路，一上高速公路，两边的风景，又让我对纽约这个城市景色增添了另外一种美的印象。

　　路两旁全是树，看不到任何房屋和其他建筑物，感觉后面都是原始森林；现在是秋天，树叶全是五颜六色的，今天又是艳阳高照，从车里往外看，金黄色的树叶在飞速行驶的汽车两旁轻轻地摇曳，如此景致真的是美极了。我望着透过玻璃看见的蔚蓝天空，朵朵白云慢慢地飘过，风吹过的地方，有种惬意的感觉，心中的浮动会渐渐平静，一份安逸油然而生。

　　看到了纽约的秋天，吹到了纽约的秋风，听到了纽约的秋雨，沐浴了纽约秋天的阳光，而我却无法用合适的词来确切地形容纽约秋天的美。

纽约的秋

别开生面的 *Speech class*

Speech 是我最害怕的课了。我口语不好，所以我也最怕上课说了。而美国的教育真的太有特色，所有的课，不说每节课都讲吧，反正就连数学课、财务管理这样的课都会做成PPT，最后来一个演讲。上个学期的那个75页的 business plan，15分钟的演讲，要不是我的 partner 是一个美国学生，我早跟她商量好，说的部分主要由她负责，写的部分主要由我负责，不然，我早被这个作业给逼疯了。

这学期开的这个 speech 课，主要就是演讲，没开课之前我就很担心，生怕这课会挂科。还好这几周下来，每节课每个人都要说，虽然说是一件很痛苦的事，但美国的教育不搞闭卷考试，只要你足够用功，教授会给你一周的时间，准备下节课要讲的内容，尽管我说得不好，但提前一周准备也就没有太大难度了，还有的部分内容我都是背下来的，所以前几节课，虽然有压力但都没什么问题。课上到今天，我慢慢觉得很有意思了，如果我的口语能再好点，我觉得我会对这课非常有兴趣。

学校教学楼

　　总的来说，中国学生是聪明的，我认为比美国学生更聪明。选这门课的美国学生比中国学生多，而这几次课上下来，我最大的感觉就是中美差异。比如，上节课是body language，美国同学的topic，女生基本全是做饭，就有一个女生是讲西餐的那些餐具是怎么摆放的及其使用功能，男生也全都是讲与运动有关的话题。

　　而我们中国学生的topic就花样百出了，我们有变魔术的，还有用中国的剪纸把一张A4纸剪成一个雪花的，让外国同学看傻眼了，怎么A4纸就被折了几下，剪了几下成了雪花了，教授很吃惊地问我们这是中国学校专门的手工课吗？同学告诉他，是跟父母学的，这个在中国很普通，一堆外国人感觉这像是在变魔术。

还有一个中国同学用小窍门叠衣服，看得外国同学眼花缭乱，集体又让那个同学表演了三次，还有的非要上去小试身手。这么一个话题，让全班同学都参与进来，课堂气氛非常好，而这些事在我们眼里是再平常不过了。

今天的课就更有意思了。有个同学给他们讲了中国的二十四节气，美国人听了简直像听天方夜谭，教授和同学基本连问题都没有了。还有一个同学讲了中国人喜欢使用现金，美国人喜欢用卡，结果这么一个话题大家讨论了20分钟，有一个美国同学说，怎么可能用现金呢？怎么可能有那么多现金呢？（这里说的现金是不用贷款的那种，不仅是指纸币的现金，因为美国人买1000元的东西都要贷款）。

在美国买车买房主要是靠贷款，他们买房还有零首付，而2008年的经济危机，对美国的银行和房地产影响很大。有个中国学生告诉大家，那个讲现金的同学，在上周刚用4万美金买了一辆车，其实我们只想看看美国同学脸上露出不可思议的痛苦表情。

这对美国人来说难以想象，首先一次用这么多的现金，会被联邦政府调查，调查你的收入是否合法；其次，美国

speech class 的同学与课程

的父母是没人会给孩子这么多钱的，就算继承也不会是父母所有的钱都继承过来，会有很高的遗产税被政府收走了；再次，如果你使用现金买车，这样对你一点好处也没有，你在美国不使用信用卡，你就是一个没信用的人，这样以后很难到银行做贷款。

《北京人在纽约》中王启明曾说，我存那么多钱，你欠一屁股银行的债，你成了有信用的人，我却成了没信用的人。在美国，真的就是如此。

还有一个同学讲了中国的历史，从夏朝讲到清朝，讲到秦始皇的时候，那个同学很有才，他好像一时忘记战国时期的专用名词，就说秦始皇是一个特别爱 PK 的人，和很多国家在 PK，而且秦始皇还是一个暴君，但又说他很喜欢秦始皇，外国同学几乎听傻眼了，不知道他为什么会喜欢秦始皇。后来他解释，说秦始皇修建了兵马俑，修建了长城，有多么卓越的贡献，这两大世界奇迹外国人是知道的，同学们才恍然大悟，那个同学为什么喜欢这个秦始皇了。

教授饶有兴趣地问了长城有多长，我们告诉他大概有6000 多 mile，教授和同学们对我们讲到的中国历史只有惊叹的份了。教授最后总结说，中国有三千年的历史，而美国才有不到三百年的历史，我们很着急地告诉他中国有五千年的历史。

我和一个外国同学的话题有重复，我们讲的都是关于地震的话题，还好内容不同，所以我们也 PK 了一下。教授问到关于中国地震的事，我们就告诉他，中国四川地震，有多少中国人自愿去做志愿者，还有人辞职去做志愿者的；因为那个外国同学讲的是海地地震，美国给了多少援助，所以我就讲了讲我们中国人是怎么帮中国人的。

教授听完我讲的之后，称这种志愿者在美国绝对不可能有的，美国有义工但没有这种志愿者。教授说："911 时，很多美国人基本就是站在那里看到楼倒了，心里难受了一下，又都接着走开了，绝对不可能有像中国这样强大的志愿者队伍。"

后来,还有同学讲中国的计划生育以及中国酒的来历，反正都是美国人所不知道的中国文化。教授和美国同学们都非常有兴趣，整个课堂气氛也非常好，这节课给我最大的感受就是中国同学们通过不同的话题，给美国同学们介绍了中国的历史文化。

意想不到的美国的法律

　　来美国快半年了，也慢慢了解了一些美国相关的法律和制度，因为这些都是和我生活有关的，必须了解，而且觉得有些还很有意思，有些是因为这样的事在中国根本就不算是个事，还别说这些算是触犯法律了。

　　各扫门前雪。在美国，主路是由各段公路所属的公司统一管理，有暴风雪各公司会提前撒盐，比如今天的雪实在太大了，还会有许多的铲雪车上主路铲雪，我在国内还没见过这种铲雪车呢，几次想拍照，但这队伍太壮观，而且速度太快，我都来不及拿出相机。而每个公司门前，每家门口的雪，都是由自家负责的。下雪天，每家每户必须出来扫雪，如果你家不扫雪，我走到你家门口摔倒了，那我可以告你，你需要承担我所有的医药费。很有意思，如果在中国有这样的法律，我不知道会是什么状况。

　　骑自行车必须得装备齐全。以前不知道时，我还认为美国人真麻烦，小孩子在公园骑个自行车，车还是后面三个轮子的那种，相当安全，这种车根本就不会摔倒。而他们的小孩子骑自行车，必须得有头盔、手套、护膝等装备。

纽约的暴雪

后来听房东叔叔说，在公园骑自行车，如果你不给孩子带这些装备，会被别人告。主要就是怕小孩子受伤，他说他家小孩子学骑车的时候光买这些装备就比自行车都贵，但是没办法，老美就是因为人太少了，只要你对小孩子保护得不够好，任何一个人看见都会告你。

　　不能让孩子独自在家。如果你家的孩子独自一个人在家，被邻居看到，你也会被告，而且孩子会被警察带走保护起来，直到把父母调查清楚，没有问题才可以让孩子回来。美国各州的法律规定都不一样，最高的好像 14 岁以

纽约的警车

下的孩子都不能独自在家。前几天，我还在网上看到，北京房山一捡破烂的用 2 米长的铁链把孩子拴起来，怕孩子走丢了，如果这样的事在美国，这位父亲早被判成虐待儿童罪了。

　　垃圾必须分类。这个事，是我来美国第一天就知道了，因为刚住进去房东特意交代，垃圾必须分类，不然他接到罚单就得我们出钱，刚开始一个星期我每天倒垃圾还挺紧张的，生怕弄错了。后来听房东说，如果你不会垃圾分类，先是警告，后是罚款，会罚得很重，多次罚款后你会被拘禁。

　　买酒买烟。在美国，21 岁以下的孩子是不允许买酒买烟的。由于中国人看着都比较小，所以我的同学每次去买酒买烟都会被查ID。如果你不能证明你超过21岁，商家是不会卖给你烟酒的，如果商家不查你ID，商家就是违法，会被告。我的一个朋友都37岁了，有一次去买酒，还被查了ID，那个店员看到她的ID时，一看37岁自己也吓了一跳。外国人基本看不出华人的年龄，而我那个朋友却因为自己被当成21岁以下，得意得不得了。

你可以随便告警察。举几个简单例子，如果你被交警开了罚单或是刑警无故调查，你都可以告警察。至于警察的罚单是否有正确或者调查你是否有必要，是由法官说了算。而美国可不是公检法是一家，而且美国的法官警察也根本不可能认识，更别说是一个司法系统调来调去的了，没有哪个法官会庇护警察，法官只是按法律办事。只要你有足够的理由能说服法官就可以了，而警察如果出庭还得请假，所以有些警察如果觉得这个罚单不是很重要的话就会缺席，这样你就完全有可能胜诉。因为警察请假一天是自己的损失，而你交不交这个罚款对警察来说也无所谓，反正也到不了他的腰包。有些华人更绝，因为有一些罚单或者处罚是要被记录的，这样在你的信用上就会有不良记录，我有一个朋友在华盛顿吃了一张罚单，不知道是什么原因（美国的法律是怎么规定管辖的我也不懂），他可以到纽约来告那个警察，因为他吃定这个警察不会从华盛顿请假来纽约出庭，结果因为那个警察缺席，他很顺利地就胜诉了，一方面免去了不少罚款，更重要的是还不会有不良记录。据说这种办法也就华人能干得出来。

美国有两件事，是不允许问身份的。如果你是孕妇，你去医院做检查，医生不能问任何有关身份的问题，医生的职责就是把你照顾好，更重要的是全部免费。我有两个朋友来美国是为生孩子来的，上个月带老婆去医院检查，他取了3000美元，结果检查了一上午，医生告诉他全免费，他很激动，后来见了有男女朋友的同学就劝人家生孩子。另一件事，就是上学，如果你是适龄儿童，你去学校上学，学校是不能问你有没有合法身份的，不能因为你父母是非法移民，孩子就不让上学，所以很多早年从中国偷渡过来的人，也有为的是孩子能接受美国的教育，而对于自己有没有合法身份也无所谓了。

在美国，家里如果有17岁以下的孩子不上学，你会被告承担法律责任。美国法律规定17岁以下的孩子必须上学，必须受教育。美国人认为，受教育和接受治疗应该是义务。刚来时，听房东说家门口两家医院倒闭了，我大为吃惊，才知道美国的医院都是私人的，但如果你注册了医院你就必须承担这些义务，不然你就会被告。

几件小事

　　鲁迅的《一件小事》让他多年不能忘怀，因为那件小事让他看到长袍里藏着的"小小的我"。过去的一段时间，也有几件小事时时萦绕着我，让我有些感动，也让我有更多的思考。

　　大年三十那天要上全天的课，我就提前在大年二十九那天给家里打了电话，告诉家里年三十不能打电话，也不要给我打电话，因为我要考试。言谈中我告诉父亲说是两门课程的结业考试，很重要，我也很担心。之后由于考试考得很迷茫，而且还听到教授说有可能不过的说法，我过年过得郁闷极了。一个星期后，我成绩出来后，心情也好了，我又给家里打电话，我问候了家里一大堆乱七八糟的事情后，父亲却问我考试考得怎么样，我当时心里就吃惊了一下。

　　我一直觉得父母对我的学习从来都不关心，甚至我上高中时，你问他们我学文科还是理科，我觉得他们好像都不见得能答得上来，但其实他们肯定是知道的，而父母对我学业的关心很少表现出来。一般他们只关心我考到哪

曼哈顿的新年

里了？考过律师证了吗？拿到北大的学位了吗？出国去哪里而已？他们只关心结果，从来不太会问起我考试考得怎么样。

　　我汇报了我的成绩后，并说我这一个星期都担惊受怕的，我告诉父亲，如果这次考试不通过，明年还得重修课程，重修课程并不可怕，可怕的是重修一门课要花 2200 美金，这太吓人了。父亲问我，2200 美金大概是多少人民币，我说人民币大概 14000 吧。更让我没想到的是，父亲居然说那我半年的退休金够你重修一门课了，你不用担心，我和你妈两个人的一年的退休金够你重修好几门

曼哈顿的新年

课呢。

　　父亲居然愿意拿半年的退休金来换我一个星期的不用担心和一个星期的快乐。最近，我一想起这件事，就觉得有些难受，更为父亲的这个回答而感动。这也让我想起母亲对于我学习的态度也是一样，记得我考司法考试时，母亲去北京照顾我饮食，在那三个月中，她看到我每天看书12个小时，学的那么辛苦，她居然对我说，你要是不过，就不要考了，找不到好工作她带我回家养我。她说她一辈子也没读过多少书，不也一样活得挺好的嘛，她不愿意看到我有如此大的学习压力。

后来我跟朋友提起母亲跟我说这样的话时，她很震惊，她说她从小父母的教育就是永远争第一，争不了第一就会挨批评，她的父母从来没有对她说过，让她为了快乐而放弃争第一，现在她很成功，但她一直觉得很累很累。朋友因为我的父母把我的快乐放在第一位而感动、而羡慕我。当然，当我听到父亲那样对我说时，我也一直被他们更在乎我是否快乐而感动，现在与大家分享这些事，还是忍不住感动得流泪。也想告诉朋友们，放手让你爱的人快乐，也应该是你最大的快乐。

过年时，还有一件事也让我受到一些小打击。有朋友从纽约回北京，我让他们帮我带回去一个箱子，由于来美国时不了解情况带了一些没用的东西，所以现在有方便的我就让他们先帮我带回国内了，避免明年回去时行李太多。朋友们带的行李太多，我找了两辆车去接，第二天还要送机，大过年的我就给北京的那些哥们打电话，当然我的朋友们都极度的仗义，义不容辞地帮我去机场接人，就连请吃饭都已代劳。一切都安排好后，我就把航班号、几号航站楼、联系人、电话等重要信息发给了负责接人的那三位好友。

一般我心里有事，会睡眠不好，那天半夜突然醒来，看到朋友的短信跟我确认，那个航班在网上查是在三号航站楼，我却告诉他们在 1 号航站楼接人。我斩钉截铁地回复短信说，国航的航班肯定是在1号航站楼，我是不是把航班号弄错了。结果朋友又回短信说，那个航班是纽约飞北京的，国航的航班全部是在3号航站楼啊，他怕我不清楚还又提醒我3号楼就是那个新建的楼。

我当时就傻了，想当年我在北京时，连续两三个月每个月能去六七次机场，朋友们经常给我打电话，我不是接人就是送人。现在才来纽约半年，纽约的事我还没弄清楚呢，怎么北京的事就开始找不到北了。我因为这件事遭受了严重的打击，我一直认为自己在北京待了十年，对北京有了深厚感情，但才离开半年我就连国航所有航班都在3号航站楼这事都不记得了，心中难免多了很多伤感，那个我认为我最爱的北京，已在我的脑海里慢慢开始陌生了。

朋友们知道我因为这么件小事而不开心，郑重地给我承诺，待我学业已成回北京时，他们肯定不去1号航站楼接我。其实，仅仅是因为我发现自己现在潜意识里在适应着纽约，慢慢地开始疏远北京了，我记成1号航站楼，是因为北京飞往纽约的航班是在肯尼迪1号航站楼，肯尼迪机场9个航站楼我都没记错，北京就那么3个航站楼我还记错了。真不知道毕业的这个时候，我还有没有现在的这个愿望：一定要回北京！

庆幸吧，你在中国

　　似乎来过美国的人和留在美国的人都有一个通病，大家多数都喜欢宣扬美国有多好，用此来证明自己去过一个比中国好的地方，比中国先进的地方，也或者用来证明自己选择留在美国是正确的。

　　每当我感受着资本主义国家的美好，并跟大家说这里很好时，我本人一般有两种心态，首先，文章是给家人和朋友看的，不想让家人朋友担心；其次，说美国好用来表明我过得还不错，请大家放心。

　　首先，儿行千里母担忧，这么多年我一直说我挺好的，但父亲过年时还对我说，出门在外怎么会好？父亲从来也没相信过我所报的平安。其实这句话从某种意义上来讲是对的。

　　其次，我主要是告诉朋友美国有哪些地方好，哪些值得我们学习，出国留学就是一种国际交流，好的方面我们要学习，并发扬光大。在我享受着这个资本主义国家的蓝天白云时，有时候我想大家也应该庆幸自己是一个中国人。

　　关于买书。前几天听一个同事说，这几年他买了一万多元的书。如果在中国几年买一万多元的书，在我的朋友当中并不多见，并不是我的朋友都不学无术，而是你想想一万元在中国能买多少书啊，而且很多人也没那么多时间看这么多书。还有现在网络上的电子书，什么没有？有些人也认为根本没必要花钱买书。

如果你来美国后，你就知道想买本书看，真的是一种很奢侈的想法，上个月我买了我人生中最贵的一本书，130美元。今天开课的这本书，二手的书180美元。一万元人民币在美国也就能买个十本八本教科书，还不够我买MBA课程书的。从这一点上讲，大家应该庆幸自己在中国，首先中国的书便宜得大家都能买得起，不想买的可以上网看免费的，而在美国这些办法基本行不通。

还有没来美国前，国内很多帖子上说，到了美国不要大量复印，并说只有在唐人街才会有整本复印的，用复印的教材会被同学教授鄙视，认为这是侵权。其实，美国并不是这样的，因为著作权法规定，作为教学使用的复印是属于合理使用的范畴。而且学校的复印根本不收费，就是没人服务，得自己动手复印。不过，我们好像没人复印整本书，这太耗精力了，也用不着别人鄙视。仅仅是觉得作为一个中国人，在中国买书简直是太便宜了，美国的书贵得我以前都没敢想过一本书要花上千元人民币。

中国人的特权。比如什么中华女在交警执法记者采访时当街狂扇记者的，还有前两天有女司机当街把交警撞晕的，这种人在美国可能被警察当场击毙了。这些人是不是真正享受着特权我也不知道，动不动就说自己上面有人，这样的事在中国一点也不少见，还挺普遍的。北京这些大城市还相对好一点，若在三四线城市办什么事都得找人，都得有人才行，那些享受特权的人应该庆幸自己在中国。

很多老百姓可能会说自己没有特权，但我们每个人自己给自己算一笔账，在你的一生中，你真的没有享受过任何领域的特权吗？哪怕是孩子上学老人去医院，难道就没找亲戚朋友帮过忙吗？在美国，你在享受什么都民主的时候，更多的时候，也很少有人享受特权。

交通罚单。我去洛杉矶时，那里的华人很多，我们在路上看到那些经常并线的司机，跟上去看绝对是一个华人在开车，朋友开玩笑号称自己是"让美国人闻风丧胆的北京司机"。她超速吃到的一个罚单罚了300多美元，美国是根据超速多少 mile 来罚的。美国这边的交通罚单，一个罚单多数在200美元以上，还有一个朋友，在美国半年交通罚单近2000美元。同学超速10mile一次吃了两个罚单，一个是超速，另一个是离前车太近，他的这两个罚单就有可能吊销他的驾照，如果吊销驾照就会被停开三年。在美国，如果没车也就能在纽约的中心城区活动，其他很多州基本是没有公共交通的，如果不能开车，基本等于没有腿走路。同学最后只能找律师打官司，把钱花在律师身上，这样有可能免掉一个罚单。

服务。在美国，多数都是自助，吃饭多数是快餐或者自助餐，去有服务员的地方吧，一个服务员能服务八张桌子，你还得给不少于15%的小费，反正有人的地方你都得给小费。这个国家什么都是自助，都是机械化的，能用机器代替的，绝不会多用一个人。

在美国，超市买东西结账多数也是自助，去商场买衣服自己看自己试，看好了自己去结账，没有服务员帮你挑帮你选穿什么号要什么颜色的。加油站也自助，车胎打气也可以自助，去银行、去买地铁卡买票的多数都是自助，反正你能想到的，或者想不到的，在这个国家都是自助。

还有很多东西都是自助的，我来半年了好多还没搞懂，同学们很多时候都很无奈，很多东西都不适应不习惯不知道怎么去操作，但也没办法，只能从一次次的碰壁中才能学会怎样生存。

其实很多中国存在的问题美国都存在。比如孩子上学分学区，纽约也有类似北京中关村二小的学校，我住的这里就是在纽约能排前几名的一个中学校区，很多曼哈顿的有钱人也在这附近买房子，为了孩子上学能到好的学校。还有医院也会有送礼的，房东阿姨在诊所工作，圣诞节他们的医生就收到很多送礼的，前后大概有近一个月的时间，房东阿姨每天都会从单位拿回来别人送的小礼品。因为他们诊所是可以给病人开处方的，那些跟他们有关系的机构想让病人去他们那里做检查的人，也会给诊所送礼。美国送礼品已经很先进了，在圣诞节前后，那些大的商店都会在顾客买东西时问是不是礼品，如果是礼品就会主动把价格撕掉，还会给一个精美的包装盒，而在圣诞节后，商场会有专门的退礼品的柜台。

今天上课，教授还问同学们，哪些同学有公司的信用卡，这种信用卡就是用来请客送礼消费的。具体操作我不清楚，反正这些中国存在的问题美国同样也有，只是美国送礼多数仅限于礼尚往来，绝大多数人还涉及不到权钱交易。

据我了解到的，多数在美国的中国人最无法抗拒的是精神上得不到满足。如果你来了，你就能体会到什么叫精神上得不到满足，这一个缺点能打垮很多想留在美国的优点。作为一个中国人，永远会有异国他乡寄人篱下的感觉。正如，一个农村长大的孩子，村里有猪有狗有玩伴，村里尘土飞扬却有妈妈，而当你住在大城市，难道你不会想妈妈，难道你不会怀念那个村？

对于中国人来说，美国肯定是异乡！有些人会问，如果你回到中国就能得到精神上的满足吗？人永远是这山望着那山高，中国不是地狱，美国也不是天堂。

　　但如果从长远利益来看，中国现在存在的这些问题又算得了什么，一百年前美国为了发展牺牲了多少人，你又知道多少，所以不要谈中国现在存在的问题，不要认为你比任何人都懂得历史，且还能预见未来。中国和美国相比，仅仅算是个孩子，美国进入工业化时代上百年，法制社会上百年，中国改革开放才四十年，我并不认可中国存在的各种问题，只是觉得中美在某种程度上来讲根本没有可比性。

美漂华人

"我们希望有一个和谐的社区，希望有人权，希望受到尊重。"

我在美国感觉还算安全，是因为我是学生。学生在美国应该是华人地位最高的一类人了，首先我们有身份，留学生如果在国外出事，会引起比较高的关注度。其次，学生是来消费的，这样的人比较受美国人的欢迎。

其实，华人在美国的地位真是新闻里报道的一样，被抢或挨打了不敢报警，就算报警，美国警察也懒得破案，一般都是不了了之。很多人留在美国，有一部分人是因为回不去了，没办法只能待在这，更多的人有时候为了面子，在亲朋好友面前炫耀国外的好，所以大多数人就会冠冕堂皇说待在美国有多好多好。说实话，我个人觉得，来这里旅行或学习都可以，但让我移民定居在这里，还不如回中国被各种死法呢。中国即便有那么多不好，但至少我在中国还算是能够受到平等待遇的那一类人，因此仅我个人而言，我是不会选择定居美国的。

美国的人权是给美国人的，不是给所有人的，这里的种族歧视，资本主义国家的三六九等，一点不比中国差，美国的富人区和贫民区，分得是很清楚的。在美国，华人、黑人、墨西哥人死就死了，但如果是一个白人死了，待遇肯定是不一样。美国人对你客气对你有礼貌绝对不是因为看得起你，是因为人家素质本来就高，就如同一个大学教授，很有礼貌地对待一个农民工。但这个农民工随地吐痰，衣冠不整，没有秩序，不排队，不守时，不讲信用，你说你拿什么让人家瞧得起你。

比如，郁伯仁（德州领事馆的副领事）被打，我在美国听到的一个声音是，美国警察明知是副领事，人家根本不拿你当回事，副领事怎么了？打的就是你中国的副领事。这就是中国人的悲哀，本以为作为中国人在中国生不如死，就开始向往美国这个"人人平等，自由开放"的天堂，结果到了美国，时间长了偶尔感觉自己连个人都不是了。

华人对美国社会的认识总是带有非常强的主观色彩，有些人认为凭借自己的努力就可以改变美国社会对待美国华人的态度，就可以抵消中国带给美国华人的负面影响，通过增加对美国社会的了解就可以消除美国社会对华人的歧视。下面我说几个现象，你就知道为什么有时候中国人不受人待见了。

往返赌场挣筹码钱。来美国快一年了，我还没去过赌场呢。去年刚来时，居然有同学提议把同学聚会放在赌场，

赌城大西洋城

原因是不用花钱免费吃喝，最后被大多数同学给否决了。

纽约附近的赌场很多，但都在外州，因为纽约州赌博是不合法的。在法拉盛有许多旅行社，专门接待游客去康州快活林赌场、大西洋城赌场等纽约周边的赌场。

前些年的规则是这样的，旅行社的大巴往返赌场的车费是 15 美元，赌场内都是自助餐，可以免费吃喝的，如果你是跟旅行社车去的，那你在赌场门口可以领到价值 40 美元的券，这个券可以兑换现金，兑换完现金后你可以去买筹码，买完筹码就可以去赌了。

其实，赌场既提供吃喝又提供少量赌资无非是引诱你去赌博，要么说外国人笨呢！在华人没发现用这种方式去赚钱之前，没有以去赌场赚钱为职业的美国人，美国人认为去赌场就是去赌钱，发的 40 美元券就是赌资就是筹码。

赌城大西洋城及赌场内部

但中国人不这么认为，中国人聪明啊，数学真好。一个小插曲，今天上统计课，教授对100以内的算数根本不会心算，总算错，后来计算题说答案时也不用计算器了，就看我们中国学生，我们当然能又快又准确地回答出正确答案。最后教授写了2的30次方等于多少，拿出计算器比画了一下，有个同学还把答案念了一遍，结果教授的答案是 big number，我们都笑了。

自从有华人发现赌场的这个规则后，慢慢就有许多华人以去赌场赚钱为职业了，当然不是去赌博，而是去挣赌场发的那40美元赌资，去赌场可以免费吃喝一天，出15美元车费，领40美元券兑成40美元现金，不买筹码不赌博，去掉车费，每天稳赚不赔25美元，对于那些找不到工作的偷渡客，每天有人管饭，还挣25美元，当然合算。

对于上个世纪的中国，一个月能挣六七百美元，折人民币五千多，这在中国绝对是高工资。最后，赌场也发现了一些华人天天往返赌场，但根本不赌博。后来，纽约周围的赌场为了杜绝华人的这种行为，近十年早已调整为发放与车费相等的赌资了，让你赚不到差价了。到我来纽约读书时，去赌场免费吃喝又挣钱的好时候早已成为过去式了。

海外代购。但凡上过淘宝网的朋友都知道，海外代购世界名牌，不是一般的火暴。比如美国产的化妆品、女士手包。美国的产品多数都是自己品牌自己销售，不像中国有什么一级代理商，二级代理商，咱们俗称二道贩子，经过几次贩卖，10元的东西到老百姓手里就得好几百。其实，美国一些品牌，并不支持华人在美国各大品牌店买了商品，通过网上代购销往国内，而且还有一些是打着海外代购的牌子其实就是国内的 A 版假冒伪劣。

我买 COACH 包时就有体会，去年年底那段时间COACH 包打折很多，限量版的包能打到七折或五折，不是限量的包多数在五折，更有一些包还能享受折上折，那时买 COACH 需要排队很长时间。有一次，我发现我前面那排队付款的人拿了 N 个包，结果被店员全部收走了，我很诧异，等我结账时我就问那个收银员为什么。那个收银员告诉我，他们在搞特价活动，如果你在 8 天之内买超过 7 个包，那就不允许你再买了，你需要等到 8 天之后才能再买，我觉得有意思。

如果在中国，你一个人把店里全清仓了商家才高兴呢，哪还能有钱花不出去。有人可能想了，店员怎么知道我 8 天买了 7 个包，你来美国买东西你就知道了，如果你是美国银行卡，你每次刷卡都会显示你的家庭地址，收银员还会跟你确认你家的邮编。如果你是外卡，都会有记录，因此收银员对你的消费记录一目了然。

现在看来，中国人的海外代购这么火，从长远看对那些品牌来说，很影响其品牌在中国市场的定价，因此有些品牌并不支持一个人把整个店都买空，而对于国内的买家来说，最大的风险可能就是花钱买了中国 A 货。

购买 IPAD。苹果公司在纽约对于购买 IPAD 的华人已经公然歧视了，这引起了许多华人的抗议，据《世界日报》所载，这都已经反映到纽约市长那里了，纽约市长下令彻查苹果公司歧视华人购买 IPAD 的一事。

为什么歧视，还是中国人又有钱又聪明，苹果公司出了很多方案还是没阻挡住华人购买 IPAD 的热情。IPAD 一上市，就有很多人排队购买，中国人买东西不是一个一个地买，开口买就是十个八个地买，第二天苹果店就开始实行限购，一人一天只能买两台，随后许多华人就天天排队去买，所以你们可以在官网看到 IPAD 刚上市时最高配，

美国标价是 800 多美元吧，折人民币 5000 多，但 IPAD
上市才三天，北京中关村就有，标价最高配是 9000 多元
人民币。之后苹果公司有些店面就不卖给华人 IPAD 了，
这引起了华人的抗议，现在我们买个 IPAD 居然要在网上
订购不能在店面直购，而且不管是家庭地址还是公司地址，
一个地址只限两台。

当然苹果公司的这种限制行为，就是为了避免中国人
扰乱了商品市场，因为在这种情况下，苹果公司还没进入
中国市场，却已经流失了一部分市场。

小费。我来美国后，感觉受到美国人最严重的一次歧
视是关于小费。

某天，我跟同学们去长岛吃饭，我提前查看了很多推
荐和评论，找了一个在长岛地区排名第五的餐厅。那天不
是双休日，我们在餐厅刚开门不久就进去了，整个餐厅就
我们一桌，服务员很热情，问我们是日本人还是中国人，
我们说是中国人。后来我们点餐时，对于外国餐厅我们当
然不太清楚特色菜和菜品，所以就在问服务员菜单，比较
郁闷的是服务员说的我有点听不太懂，朋友们外语都比我
好，但最后也是让他不停地重复，好不容易点完餐，朋友
们说要疯了，这服务员是哪的口音啊，完全听不懂。我们
学的外语就跟听惯了说普通话的人，突然听一个四川或湖
南的服务员来介绍菜单，我们就得疯。

饭吃得倒还不错，又吃了另外一种口味的牛排，我们大家对牛排还是很满意的，觉得很好吃。可结账时，服务员居然拿了一个加好了 15% 小费的账单过来了。这是我在美国第一次遇到这样的情况。估计服务员认为我们点餐时不是特明白，又知道我们是中国人，怕我们不给小费，所以居然把小费都填好了。这让我们很不爽，在美国没有这样的规矩，小费是根据自己对服务员的满意度给的，如果我不给可以解释说有小费，但没这种直接加上小费的账单，但平常美国人多数都是遵守一个规矩，常规是给 15%，其实平常我们在长岛吃饭还是比较注意会多给，一般都给 20% 的小费，而写好小费的账单让我们非常不高兴，感觉受到了严重的歧视。

不过，这个事也可以一分为二地说，说他歧视我们吧，也实在是某些中国人的形象不太好，不守信，不按规矩办事，就拿我身边的一个大腕同学，他回国每次都是来回头等舱，两张机票花我一年生活费，但我们出去吃饭，他从来都舍不得多掏那一两美元的小费，50 美元饭吃得起，几美元小费却很计较，总是很抠门，给人家 10% 的小费，遭人不待见。平常我还很注意给小费的事，至少都是给 15%，如果在餐厅里聊天时间长了，我还会给到 20%，因为我知道我待的时间过长，我们那一桌就没有翻台，服务就很吃亏，我不愿意看别人白眼，也觉得没有必要省那几元钱，何必遭人不待见呢。

所以，入乡随俗，出国了就多注意下中国人的形象吧，每个人都做好自己，就不用到纽约时代广场去放什么《国家形象》的宣传片了，放完了外国人也不知道中国人是在干嘛。

很多华人生活在美国，有时候仅是因为当初的一个选择而到了异国他乡，而后来就慢慢变成一种习惯，一种生活习惯，毕竟谁也没那个勇气经常从头再来。对于绝大多数普通老百姓来说，生活在哪里也并没有那么重要，有一份工作，衣食无忧，能够得到相对的公平和平等则足矣。

出国需理性

一直有些犹豫要不要写这篇文章，怕家人为我而恐慌，怕朋友们为我担心。但考虑到写出来可能会让一些同事同学朋友理性看待出国，理性地看待国外，我想还是写一下吧。

纽约皇后区法拉盛，这是继唐人街之后，华人在纽约新开辟的一个中国城。中国有的东西在这里都能找得到，煎饼果子、同仁堂，在法拉盛什么都有，中餐厅也比唐人街更多更地道，法拉盛的语言是以中文为主，所以来纽约的华人多数会选择在这附近临时住，或者是长期住。同学曾在超市买菜遇到张艺谋和刘欢，可见多数中国人来纽约都会选择生活在这里。

中国人所到之处都会把房价抬高。这些年，由于在法拉盛吃住生活更方便，华人把这里的房价都抬高了，我租的一间屋子的租金相当于另一个同学在美国其他城市租一套小型公寓的租金。所以，中国人就不要抱怨中国的房价了，中国的有钱人不仅仅是在抬高中国的房价，还跑到世界各地去抬高房价了。

2010 年 5 月 11 日晚，纽约皇后区法拉盛连发两起持枪抢劫事情，主要目标是华人，一对是华人情侣，另一个是西裔男子，犯罪嫌疑人是非裔。为什么会抢中国人，因为大家知道中国人喜欢带现金，为什么会选择法拉盛，因为这里是华人区，这里走在街上约有一半的华人都是没有合法身份的，他们通过偷渡或者旅游探亲就黑在这里了，这些人出事了不敢报警，或者看到出事了也不敢报警，因为怕被警察调查，调查了会被遣送回国，而且这辈子也没有可能再来美国了。

还有中国人不团结，比较冷漠，事不关己高高挂起，多一事不如少一事，所以华人区是犯罪分子的首选目标，甚至连多年在美国很没地位的印度裔都敢欺负华人了。

5 月 14 日晚，纽约皇后区法拉盛中国城，又发现一个不明物体，还引来无数警察及拆弹专家。这天我和同学出去逛街，回家时他们叫我去中国城吃饭，由于看到前一天报道的 11 号的抢劫事件，所以我不想去那里吃饭，理由是吃完饭他们还得送我回家，我不想过多麻烦他们，所以我选择直接回家。我的选择是明智的，等他们吃完饭出来，就给我打电话说外面被戒严了，他们被封锁在地铁周围，折腾了三个多小时才回到家。

5 月 16 日晚，纽约皇后区法拉盛中国城，中国留学生被西裔男子强奸及暴打致死。这个新闻在搜狐首页上就

法拉盛的中国城

能看到非常详细的报道，我就不重复这么可怕的事情了。

有人路过时看见有人把那个女生拖走，听到那个女生的尖叫，连报警都不敢，这是为什么？没有身份，有身份的也不想去惹这个事，万一自己也把命搭上了呢，所以才发生了这样的悲剧。

国人的冷漠是从国内延伸到国外，还是到了国外才这样，我不知道。但最起码的道义和人性在那一刻都没了，如果是一个人走开那是偶然，但是好几个人接二连三地走开，实在让人感到心寒啊。这个女生23岁，黑龙江牡丹江人，来纽约才两个月，因为她是留学生，已经引起了这里华人的强烈反抗，许多华人组织也在向纽约的官方讨说法，但其实这些都没用。

美国《世界日报》亦刊发评论称：旧日的社会道德中，女子街头呼救立刻会吸引路人上前相助，群众合作捉拿禽兽，如今世风日下，有道德有勇气的人凤毛麟角，"路见不平，拔刀相助"的事可遇不可求，唯有自保。

希望所有在美华人同胞，在外遇见各种状况发生时，首先要保持冷静，不要与对方大声争执，声音大并不表示对或赢。如果判断情况不利己，要知道如何息事宁人，继而走为上策。如果状况恶劣则要迅速报警，警察来时也不要急着争吵告状，否则先被铐上手铐就太冤枉，或无端被警察误打误杀。

美国各族裔龙蛇杂处，遇事反应不一。华人应该在平时衣着端庄，谈吐适中，不大声喧哗，不要特立独行，招来异样眼光。华人社区应该多谈谈如何自我保护，互相交换治标、治本的方法，集思广益，让类似惨案不要再发生。

5月18日晚，我和同学们外出烧烤回来，一辆车送我回家，另一辆车去法拉盛中国城买东西，在街上就看到西裔在路边很暴力地一辆车接一辆车地砸。同学们在车里都吓坏了。

我出国快一年了，每一个阶段我对美国都有不同的新认识，很多事情只有发生在你眼前你身边，你才会相信。如果你的女儿想出国，那你首先要判断，平常她是否有独立生活的能力、自我保护的意识、安全防范的知识、孤独寂寞的承受能力，别学业没完成，人却一去不复返。

所以，出国需要理性对待，不要盲目跟风，更不要不明目标，这里不仅是指留学，还有移民。不要认为中国就是地狱，等你来美国了你就知道这里不是天堂，中国也不是地狱。

不要认为拿着钱来美国就能生活在天堂了，其实这里也就是个北京农民工的生活，唯一不同的就是你可能只剩下钱了。这里没有你们辉煌的事业，没有你们的亲人朋友，没有你们的生活目标，没有你们的人生方向。住在华人区吧，生活环境差，法拉盛的主街跟十年前的北京大红门批发市场差不多，脏、乱、差。不住华人区吧，语言不通不说吧，外国超市里的东西没几样你能吃的，也没几样你会吃的。像我这样有多年漂泊经验的人，出来了时常还会感觉很无助，更别说那些没出过远门，在国内能呼风唤雨被伺候惯了的人了。

如果去过那些真正贫穷的国家，就会知道全世界有多少人还生活在战争、饥饿、灾难的边缘，而生活在中国，我们远离战争和饥饿，我们的那点痛苦和私欲比起饥饿和战争，顶多也就是无病呻吟。

与奥巴马擦车而过

　　我的学校位于纽约哈德逊河的山谷中，成立于1959年，学校周围环境很好，有山脉、河流和森林。学校的秋景是我认为一年四季中最美的景，可以看到哈德逊河两边熊山周围五彩斑斓的秋天，冬天在学校可看到这里冰雪覆盖的山脉——这里也是纽约周边的滑雪圣地。

　　学校的商业、教育、医疗专业的毕业生就业率很好，在美国新闻与世界报道排名中，我的学校应该是纽约曼哈顿北方地区最好的大学。国人没有几个听过我的学校，原因是这里招的国际学生实在太少了，我在学校时，我知道的中国人三届加起来也不过二三十人。学校的设施也很完善，图书馆、电脑室、咖啡馆、智能教室、多功能礼堂、足球场、网球等非常完备，打印（每个房间都可以打印）、复印、健身房（带游泳池）等一切设施俱全，只要你有一张学生证全免费，我看了一下，学校除了吃饭要钱，其他全免费。

　　关于吃的问题，美国的学校很有意思，我们第一天去上课，教授给我们准备了许多吃的，说是欢迎我们国际学

奥巴马夫妇蜡像

生。而后面的每节课，教授都会给我们准备小点心和饮料，我们可以边上课边吃喝，教授在上面讲，因为美国同学都这样，最后我也习惯在不影响别人的情况下，边上课边吃边喝。

有时候，我们赶上学校的 OPEN HOUSE，学校的所有吃的就是免费供应的，有各种各样的三明治、汉堡包、饮料、啤酒等，随便吃随便拿。据同学说，他们去年有个教授自己还有个比萨店，最后一节课就请大家吃比萨，听说之后我变得很期待上那个教授的课。

周六，我在学校上课，每门课的外国同学都不一样，因为除了我们几个中国学生的课程是一起选好的，其他外

我的学校

国同学都是自己选择所修课程。学校离纽约开车一个小时
十分钟，我每周六开车去那里上课，其实我很希望住在学
校里，但美国对研究生是散养式教育的，不解决住处，而
且我的好多美国的同学都是工作的，所以我们的课程大部

分安排在周末。

昨天，同学看到奥巴马到访西点军校的新闻，一看时间地点，今天早晨我和同学们讨论后才反应过来，周六我们在回家的路上看到的那些漂亮的警车原来是奥巴马的车队啊，我居然与奥巴马擦车而过却不知道。

我的学校离西点军校约 12 miles，如果我们提前走一段小路去学校的话，我们可以在路边看到西点军校的指示牌，由于离我们学校太近了，同学们都说想去随时可以去，一直也没有把这里当作是一个景点一定要去逛逛，所以至今我还没去过西点军校，不过回国前我肯定要去的。

上周六，由于下午课的教授把时间搞错了，下午的课我们没上，中午就直接回家了。我们在高速公路上时，看到对面的高速路上的车速很慢，好像堵车了，我们还在说，高速公路从来没见过这么多车。同学们还说，可能是美国学校都放假了，是不是都出去玩啊！

从学校出来没过多久，我们就看到很多警车，我们还在说这些警车怎么不太一样啊，因为纽约市的警车和州警车我们经常见，而那些警车及车灯跟我们常见的两种警车都不一样，我还说，这个警车很漂亮啊！原来那就是美国的 FBI 警车。

之前，我在路上见到过一辆没亮灯的 FBI 警车。为什么知道是 FBI 警车，因为堵车，那辆没有亮灯的警车一直和我们平行在走，当我们超车时，我们发现从前挡风玻璃上居然看不到车里，方向盘在哪，人在哪根本什么也看不见，那次真是让我们大开眼界了，那辆车从前从后从左从右，从任何一个角度都看不到车里，同学们就在讨论，美国应该只允许 FBI 警车从前挡风玻璃上看不到车里吧。

这次看到这么多警车时，还在想是不是前方出事故了，接着同学又看到三辆黑色的凯迪拉克，被前后十多辆警车簇拥着呼啸而过，我们当时还说这车太牛了，但谁也没想到那是奥巴马的车队，更没想到他就是去离我学校很近的西点军校演讲。如果提前知道，那我们肯定会在附近候一下，看看美国总统的现场演讲。

现在看到这新闻，对了时间和地点，没想到自己在美国能与奥巴马擦车而过，但非常遗憾的是没有去西点军校观摩总统的演讲。

在美国，见义勇为请谨慎

　　本来没打算写这篇文章，但是看到石述思博客中那篇"中国人在纽约坐视中国人被强奸"的文章被挂在搜狐首页，阅读量超过十多万，所以我还是写一下，让我的朋友了解一下美国的见义勇为吧。

　　姚宇事件起初我也认为是中国人冷漠了，但后来还原事情真相后，觉得事出有因不想多说，再后来我又跟同学们探讨并查资料学习了一下美国法律，才知道在美国，我们个人一定要"坐视"歹徒的暴行，一定要"走开"，不能头脑一热，与歹徒去搏斗；但不至于冷漠到连报警都不敢，你需要做的事情仅仅是拿起电话，拨打911。拨打911电话报警，这就是在美国最好的最完美的见义勇为。

　　为什么？因为美国的法律根本不支持见义勇为，就连保险公司都不赔付你见义勇为所造成的意外伤害或死亡，保险公司认为见义勇为受到的伤害不是意外伤害，你完全可以避免这个伤害，用报警来解决问题。

　　对美国人来说，见义勇为的前提是见义勇为者能够保证自己生命安全。如果自己实施了这种行为，很有可能导

曼哈顿街景

致死亡或者重残，那么当事人就不应该这么做，而应尽可能地寻求政府专业人士的帮助。

再举个例子，一个中国移民的孩子上了美国一所小学，小学突然失火。这个小学生跑入火场，带领几个美国小学生跑了出来。按照中国的标准，这个孩子真是小英雄，应该大肆宣传赞扬。美国小学却反其道而行之，他们在承认这个孩子英勇事迹的基础上，反而把这件事作为反例宣传，禁止其他孩子这么做。对于美国人来说，未成年人自我保护能力很弱，没有什么见义勇为的能力，他们进行这样的举动是非常危险的，很可能会自己失去生命，所以这种行为是绝对不能鼓励的。

学习完美国的法律后，我觉得似乎有些道理，好像更科学。在中国大肆宣扬见义勇为，但事实是最近这些年，见义勇为行为越来越少了。有些宣传及做法实在不科学，比如赤手空拳斗拿半米长刀的歹徒，不会游泳的人勇敢地跳下去救落水的人，结果多数是见义勇为者最终去见了上帝。

还有浙江那五个可爱的蔡姓孩子，如果他们得到正确的科学的宣传教育，是不是不会一个救一个，而是寻求大人的帮助，这样是不是就可以避免悲剧发生。我记得之前有个新闻，是四川还是哪里的某人见义勇为抓小偷，结果方法不当小偷死亡，不仅需要赔偿，好像还差点判刑。

我们国家在宣传见义勇为时，有些宣传是不科学的，而且也没有相应的法律保护，导致一些不良的后果出现，很多时候还打击了民众见义勇为的热情。在见义勇为行为上，中国现在没有明确的法律，政府也很难作为，那么依靠社会自己承担责任，从根本上来说，肯定会出现各种各样的问题。

如果政府出台见义勇为法律，明确费用由政府垫付，一切问题就都不是问题。在国家没有立法保护的情况下，有些人畏惧给予见义勇为受伤死亡者的补偿费用，有些人则是无力承担，所以一跑了之，或者干脆不承认救人的事实，有的人还觉得见义勇为者给他们惹了麻烦。这一切，除了弘扬社会道德以外，最重要的还是立法和政府的作为。还有，很多见义勇为事情发生的时候，大部分群众不敢管，甚至逃避。很多人见义勇为时，群众不给帮助，只是远远地躲着看。见义勇为者受伤以后，很多群众不打电话报警，事后甚至包括事主在内都不敢作证，怕惹上麻烦。

美国的"见义勇为法"（Good Samaritan law），是为了保护"见义勇为"者免于受到恶意诉讼而制定的。它保护见义勇为者对受难者的死亡、伤残、残疾不承担法律责任，只要见义勇为者行为理智、出于好意、遵循常识和使用合理的技能。"见义勇为"对预防犯罪，保护受害者，是应该提倡的。但是前提是"量力而为"。因此地方警察局常会办些演讲，宣传安全知识，预防犯罪。"见义勇为"在人们印象里往往是面对犯罪分子的，在美国这通常是警察的事。遇到危险，民众一般只打911就可以，因为这种现场往往不安全。

有时候很多人也会迷茫，见义勇为体现的到底是一种人性的光辉、伟大、无私，还是一种被传统、被道德、被奴役上千年久而久之的习惯而已。如果要有见义勇为行为，外国媒体强调是必须在确保见义勇为者自身安全的基础上才去做，如果歹徒人数众多，有刀有枪，总之就是一般常人无法应付这种情况的时候，即使出现严重犯罪现象，普通市民都不应该冲上去制止。

简单来说，中国和国外的区别，就是对实施者本人的保护上。老外强调这类事情应该有专业人士处理，实施者只有在自己生命安全有保障的前提下，才能进行类似行为。而中国的见义勇为就是不顾自身安危，遇到危险就要上。对于生命的保护，是两者根本区别。

所以，朋友们，如果你们来美国学习、旅游或出差，可别没事在美国去见义勇为啊，谨记拨打911。

纽约的驾照

　　我所在的纽约对于外地人来说应该算是美国门槛比较高的城市了。为什么？因为美国也和中国一样，纽约有点像中国的北京，或是上海，因为这里是美国经济最好、人口最多的城市，不仅在美国的地位重要，就华尔街对世界经济的影响，也是不容忽视的。

　　没来美国之前，在网上一搜也能看到，各路英雄都说美国驾照有多好考。当然，他们说的都是真的，但那种一天能在美国把驾照搞定的情况只发生在美国除纽约以外的其他地方。

　　至于纽约的驾照，兄弟们刚来时为了有考驾照的资格就折腾了三四个月。我刚来美国时，没打算买车，所以就一直没考，同学们驾照都考得差不多了，我前些天才知道考题笔试是中文的。从来没关心过这个问题，也从来没想过在美国考驾照用中文考笔试，而且总共就100多题，考25题，错4题以上，就算没过。在中国考个驾照，笔试得上课一个星期，一千多道题，考100题，错10题以上算没过。难易程度显而易见。

纽约街头的老爷车

　　先不说题的难易，就说考试资格，美国的其他城市是拿本护照就能去考试，考完笔试，直接进后场进行路考。而纽约是必须有 6 分才能够有资格参加笔试，笔试通过后，还要约路考，能约到路考大概需要一个月以后了，这就是美国人多的城市的办事效率。现在我再来说说哪些材料才能算分：

　　1. 绿卡（1 分）。

　　2. 工卡（1 分）如果你在美国有工作证的话，算一分。

　　3. 有效护照（1 分）。

　　4. 地址证明信（1 分）。

　　5. 银行卡（1 分）多个银行卡也只能算一分。

6.I — 20（1分）也就是学生的录取通知书。

7.学生证（1分）。

8.美国的保险单（1分）。

9.学生的成绩单（1分）必须由学校专门寄出，还不得拆封。

10.结婚证（1分）。

留学生在来美国一个星期后就会有3到7项，这是5分，同学们为考驾照费了很多周折，走了些弯路，直到三个月后才准备好了6分的材料，再加上约路考又等了一个月。

其实当时我们不是很了解政策，也不会走捷径，还有一个办法能更快积够6分，买个人身保险也能算1分。当时没想到这个是因为还是按中国人的方式，在中国买保险一买就是一年，而美国的一年的保险怎么也得1000多美元，大家都很年轻，谁也不会想花1000多美元买个保险，有这么多钱，足够看病了，再说美国看病也不一定要钱，留学生可以申请救助，可以免费看一切的病——其实美国才是真正治病救人，救死扶伤。

美国的保险是可以按月买的，如果你仅仅为了考驾照，你可以买一个月的保险，而且你可以选择险种最少的保险，几十美元就能搞定，这样就可以拿着保险单的1分，直接去报名参加笔试了。当时我们如果知道可以这样，同学们

纽约驾照

也不用等第一门课都结了，让学校给寄了成绩单才去参加考试。

　　如果早知道 6 分这么容易积，我肯定也去考了。一般在国内没开过车的人，在纽约却容易通过，因为我们在国内有一些开车习惯，是美国人不喜欢的，比如喜欢溜车，stopside 不站稳，更别说美国要求停三秒了，看反光镜不转头都用眼睛瞟。在美国考驾照，你的动作越夸张考官越高兴，你不能悄悄地做这些动作，你必须得让他看见你做这些动作了，否则考官一定不会让你通过。

　　在中国开车，我是看见路口就减速，因为中国行人太多，没红绿灯见着路口也习惯性减速，而美国人是没灯的路口不减速直接转弯，减速就扣分。我们这些在中国开过车的人，反而在美国路考比较难，因为我们的一些习惯都是美国人的大忌，不过如果你考取了驾照，警察是不会注意这些细节的，平常不会管你怎么开，但考试时这些不良

街头骑士

习惯都会被扣分。我班那些参加路考的同学，只有一个女生，在国内没怎么开过车，是一次过的，其他的考两次就通过是比较顺利的，还听说有一人居然考 8 次路考没过，我开始以为他脑子被门夹了，后来听说其他人也有考 8 次的经历，比较背的遇到考官心情不好的，考个三五次的很常见，一般人大概在第二次或第三次能通过。

　　至于美国开车的罚单，那就更离谱了，同学们都有血的教训，交了不少学费，美国的罚单都跟保险挂钩，交通事故也跟保险挂钩，反正美国就是什么都有完善的制度，对于中国人来说，我们不习惯，因为在中国不守规矩习惯了。但仔细琢磨，美国的制度还真是先进，真正的有法可依。没来美国之前，我曾经幻想以中国现在的发展速度估计 50 年能赶上美国，来了之后，感觉很多方面 100 年也未必能赶得上美国。

　　学历门事件，让我觉得应该把自己申请学校的准备给大家写写。让大家对出国读书有更多的考虑，如果你按正规程序走，不用担心自己或者自己孩子会不会被骗，被什么野鸡大学给招去了。除非你自己就是奔着野鸡大学去的，如果想上一所正规的美国学校，还是很容易查得到的，至于出国前的准备也没必要真的准备个两三年，我就讲讲我申请学校的准备吧。

　　我申请学校的准备工作与我的同学相比，实在是太少了。以至去年给我进行签证辅导的新东方老师对我进行三到四次的签证辅导，因为他不想让我把他去年100%签证通过率的美誉给毁了，他还一度到新东方给我办理出国留学手续的老师那里投诉我，说我准备得这么差，怎么能通过签证。在多数人眼里，我这种大龄未婚的单身女性，甚至连个在中国相恋多年的男朋友照片都没提供（为了表明自己在国内有个稳定的感情基础，而不是出国去嫁老外），我这种人太有移民倾向了。

　　我最初是陪朋友，去的是北京金吉列留学服务，有个朋友给我们介绍了一个资深的辅导老师，我去那里帮朋友跟人家谈完我的想法后，那个中介老师不是像其他中介天天给她打电话，而是从此再没搭理过我的那个朋友，甚至打了几次电话，那个资深的辅导老师以忙为借口推开，找不到人。最后我想明白了，人家不愧是资深的辅导老师，他觉得我这种客户太难搞了，第一次看完人家的服务合同，我就提出我能修改他们的合同吗，能按我修改后的合同签吗，估计那位资深的辅导老师被我气得鼻子都歪了，心想这种人的钱不好挣就算了，还提出要修改中介的格式合同。

　　说实话，他们那合同实在太烂了，当时看了就觉得很多内容没说清楚，我怎么能让朋友花钱签这么没有保障的合同呢。过了三四个月，我又陪朋友去了新东方出国留学服务中心，去谈了一个小时，我又看了合同，当时朋友没签合同，而我却签了一份合同付了款，给我办理的老师说没见过我这么痛快的，第一次来咨询就签合同付款的。我个人觉得新东方的合同写得很好很完善，权利义务很明确。签了合同后，我又有两个月没时间理中介，直到我申请学校的时间已经到最后提交材料的截止日期了，新东方也催我赶快提交材料，不想钱白交，那就麻溜地准备材料吧。

　　如果说我比大多数人幸运，我承认。有些人为出个国准备两三年，结果签证时还会遇到几签不过，而我准备了三四个月一签就过，我也一直觉得是美国太厚爱我了。但我想说明的问题是要抓重点，我虽然准备的时间不长，但有三个要点想与大家分享一下：

第一，目标明确。我在跟新东方谈出国的想法时，我目标很明确，根据我的GPA，我可以申请到好点的学校，但我早听说美国学校宽进严出，所以我不想给自己找事，我这么大年纪了出国读书很费劲，我为了保险点能顺利毕业，别给自己申请太好的学校，我怕我毕不了业。新东方的老师就给我推荐了两所学校，经过对比，我就选择了我现在的这所学校进行申请，因为多申请一个学校要多交一万元中介费，我那时就想该让你出的时候一个就够了，不该你出的时候申请十个也没用。再说我也不是一定要出国的，出不去就算了，省得多花一万元中介费。而很多同学对自己想学什么专业，想进什么学校，自己有多大的能力，根本不清楚，在这种情况下，就比较盲目。

与其花了解十所学校的精力，不如了解清楚自己想读什么，自己到底有多大的能力。否则，你们在选学校时很纠结，而自己中意的学校却没来offer，或者最后读的专业根本不是自己想读的。所以，不论家长和学生都要先了解清楚自己，再制定明确的目标，这样才能事半功倍。有很多人说自己为出国准备了好几年，学校查了几十所，我只能说你做了很多重复性的且没有意义的准备工作。

第二，查学校。我根据自己的能力，知道我的成绩符合学校要求。在明确选择这所学校后，我在三个地方查了学校的相关信息。我先查了学校的网址看了下学校规模和设施，还算是纽约北部地区比较正规和排名不错的学校。又在纽约的教育部门官网上查了有没有这所学校的注册信息。考虑到以后留学回来，如果是经中国教育部认证的学校可以办户口，我查了相关的法律法规，以及一系列的出国留学人员的优惠政策，一看全是利好。我相信这些法规政策很多人不清楚。最后我又在中国的教育部网站上查了这所学校，看是否经过教育部认证，我查到了学校的相关信息，这样我就完全放心了。如果你能在网站上查到这些信息，我想这些正规的学校，任何一所学校都比中国学校的学生平均可利用资源更丰富，而且你绝对不用担心这些学校的教育质量会不会因为不是名校而打折扣，我曾经在我的博客中提到我学校的情况，大家应该有所了解。我当初会因我所选的学校不是常春藤名校而有点小自卑，通过这一年，我基本了解了美国一所正规的学校，教育的科学以及雄厚的实力。

第三，签证。顺利通过签证是你出国后的最后一个重要关口，很多人就在这里被美国拒之门外。签证之前我对美国和签证是怎么一回事完全不知道，因为那段时间我工作有点忙，还在准备考托福，没心思关心这些事，以为有签证辅导下就行了，结果就是被签证老师认为我这样的人怎么能出国呢？但为什么我一签就过了，我把经历讲了，大家给我总结了一下，觉得很神奇，为什么有人哭着喊着要出国而被拒，像我这样没心没肺的就通过了？其实那天我还是有点小幸运，反正不管怎样美国人就让我来了。

签证当天我是第一批进去的，排第二个，我前面的是一个央视外派记者的岳母，我排在她后面半米的距离，签证官问她问题时，双方沟通出了点问题，签证官用蹩脚的中文问：你去美国为什么？她答：探亲。问：你的什么人在那里？答：女儿。问：你女儿是在那里工作吗？答：不是。问：那她是干什么的？答：他是跟我姑爷去的，我姑爷是中央电视台的记者。问：你姑爷？是你的儿子吗？答：不是。问：你姑爷和你女儿是什么关系？答：两口子。

签证官彻底晕菜，一脸茫然，老外哪知道姑爷和两口子是什么意思，她完全没弄懂这老太太到底和他们是什么关系。为这几个问题又反复问了几遍，我在后面有点急了，我就帮老太太解释了一下，我说"姑爷"是她女儿的husband，女婿是法律上的儿子，签证官恍然大悟，这是直系亲属啊，材料齐全，收了老太太材料算是通过。

下一个是我，由于刚才我的解围，签证官对我印象很好，很高兴，还冲我笑笑，前三个问题，还真是新东方给我准备好的，我按准备的说了一下，很顺利。后面我们的沟通也出障碍了，她问我学什么专业，我说法律，在美国学法律都会有一个更细的专业，比如商法、国际法还是民法，没有法律这么笼统的专业，为这个她问了我三遍我学的是哪一种法律，我当然听懂她的意思了，我还说法律，但当时她以为我没听懂，就开始用中文跟我讲，她说中文我也讲中文，有了老太太的教训，我讲中文讲的很慢很简单，我说中国有法律专业，不像美国一定要分是商法还是国际法等其他专门的法律专业，她思考了一下，好像明白了我的解释。后来她又问我简历上的一些问题，我的教育背景和工作背景，时间点一个也没答错，大概就问了我十个问题吧，我就顺利通过了。

最后同学们说我居然签证时讲中文都能出国，其实不是我要讲中文，是签证官自己先跟我讲中文的。同学们开玩笑说，以后签证不过的人，也一定要在前面放个老太太，说地方话的那种，自己上前去帮着解释下，博个好印象。还有一点，同学们有第一次被拒签的，是因为一紧张把简历上的内容或时间点给答错了，这样很可能被拒签。最后我觉得关键的信息我没有出错，而且用一位资深出国人员的话说，签证官一天要见多少人啊，一年要面签多少人啊，三个问题就能知道你是去干嘛的了，这种事有运气成分，但不占100%，所以大家想出国还是需要抓住重点问题啊。

综合以上，有了明确的目标，查清楚学校信息，做好签证的准备工作，其实想出国并没有那么难。

如何选择美国学校

　　对任何一位想到美国读书的学生来说，选择美国的学校无疑是人生中的一次特殊挑战。因为大多数的人都未曾踏足过美国的土地，也未曾有机会去亲身领略各式各样美国校园的魅力与风格，因此就很容易会陷入一个茫然无绪的心理状态。那到底该如何选择美国的学校呢？

　　前面我写过一篇《申请学校的准备》，在那篇文章里，我主要写的是来自心理上和思想上的准备，我认为大多数中国的家长和孩子对于出国读书是盲目的。其实包括我在内，从当初准备出国和来了半年后我都是盲目的，对出国读书的意义和目的从根本上认识是不清楚的。虽然现在有了些收获，但也不能说自己认识得有多清楚，感受得有多彻底，但是至少比起没来之前的盲目，现在对美国的教育已有了亲身体验。

　　我主要谈美国的研究生申请，对于想出国读本科的人，我个人认为如果你的孩子生活自理能力不是很强，根本没过过集体生活，最好还是让他在国内读大学的比较好。如果没有独立生活过的学生，来美国后会把大部分精力花在

哥伦比亚大学

学会独立生活上。从另一方面考虑，若在中国没有大学同学的话，对于人脉关系的建立来说又是不利的。虽然中国的教育有很多问题，但本科在国内读，研究生在国外读，接受这种中西结合的教育，个人认为是比较合理的。

我从以下几个方面来谈谈如何选择美国学校：

第一，学校排名。中国人最爱考虑的是学校的排名，但来到美国后,你跟人家讲学校排名可能会让美国人觉得莫名其妙,名校就是名校,不用说排第几,人人都知道。非名校排第几也没人关注,如果你申请的是在中国人眼里排名算不错的四五十名的学校,难道你介绍自己时总要告诉别人我学校排名多少吗?对排名有误区的同学和家长,想想是不是这个道理,所以排名第几别人并没有那么在乎,其实就只有你自己最在乎这个。

第二,本人实际情况。对学校排名有了正确的态度后,对于选择学校还是很有帮助的。可以根据自己大学里的GPA成绩,看看自己属于哪一档的,最好是根据自己的能力大小,选择适当的学校,不然就算你很努力申请到好的学校,来了之后需要苦读的压力也就不言而喻了。毕竟是用一门外语学习,好学校招来的学生一样是高智商高能力的,如果你总是末位,就有可能挂科,而挂科是需要花钱重修的,所以最好不要给自己找这种麻烦。

第三,学校知名度。选择学校时,是不是一定要选择自己听说过的,在国内有很高知名度的学校?我个人认为不一定,国内知名度较高的学校,每年会有很多人去申请,一是成功率会较低,二是中国人比较多的话,学校会考虑专门给中国学生开一个班。如果遇到这种情况,我觉得简直就是个"杯具",这和在中国读书没什么区别,因为大家思维方式相同,观念差不多,这样学习起来跟与外国同学一起上课的质量有很大差别。比如说，外国同学会讲更多美国的文化和他们的思维方式，也会带来一些新鲜的知识和观点，去年我们有个课的美国同学就讲西餐餐具的使用方法和功能，我会觉得很有意思，而中国学生也可能带来一些东方古国的文化，如中国的剪纸，也会让外国同学觉得在变魔术一样，所以我觉得和外国学生一起上课的这种互动还是很好。不要认为给中国学生开中国班的美国学校少，我知道排名在100以内的开中国班的学校就不下五所。这两年美国经济不好，各私立学校争夺外国留学生的生源也很严重，以前要求很严格的托福成绩，今年有好多美国学校就取消了，先招生来读预科，然后再进行考试。国内知名度其实并不重要，名校便罢了，有一些学校也是国内留学中介公司炒作起来的，所以请理性看待美国学校的国内知名度，你只要查清楚该学校是美国教育机构承认的正规学校就可以了。

第四，选择什么样的学校。选学校的时候不要因为是名校就不敢选。从专业排名上来看，名校往往拥有雄厚的师资力量与科研经费。教授多意味着对学生的需求也多（别忘了学生是替教授干活的），同时也意味着该专业里的研究方向会分得比较细。如果你研究方向的背景比较特殊，就可能在细分的研究方向里找到符合你需求的领域。如果个人的综合能力比较强，就算GPA低一点，语言能力稍弱一点，也可以用其他方面的经历来弥补，比如好的工作经历，社会实践能力，或有几封牛人推荐信，这些都是给你加分的项。如果你有一种信念支撑自己非名校不读，那也不要太害怕是名校，美国是一个开放自由的国家，一切皆有可能。如果你申请的学校很一般，来美国后，一年内你还能转学，转到名校，只要你的语言成绩和大学GPA达到同一系统内名校的要求，在这种情况下，美国是可以互相转校的。在国内读本科的同学，GPA其实更重要，因为来美国后，你的外语还可以再提高，但大学里的GPA是不可能有变化的。第一年在学校修的学分也可以带到转学的学校，当然是同一系统内的学校（如常春藤），且是同一专业或者相类似的专业，转学的学校也需要有开你所学的课程才可以转学分。

第五，学校的地理位置。这也是一个很重要的参考因素。一些学校，论实力不过中等，但由于所在城市繁华，加之气候宜人等一系列有利因素，申请的人特别多。比如加州的学校，像UC - Berkeley、UCLA、UCSD、UCSB、USC，每年都是竞争的大热门。Berkeley是名校，其他学校论总体学术水平不过中上（当然某些专业很突出），由于沾了加州地理位置的光，这些学校身价暴增。还有就是纽约的学校，纽约是世界经济的窗口，这里竞争激烈，工作机会相对也多，交通十分方便，也是国人比较青睐的一个城市。不管是选择加州还是纽约，如果你想在上学期间有更多的工作机会，那就选择有经济的城市；如果你想潜心钻研，那就选择一些比较冷门的城市，那些地方可真的是真正的环境优美，人与自然，一般学生物、化学和物理的同学，比较适合去这些地方。冷门城市读书所花的费用要比这种热门城市少一半，因此，可以根据自己的经济实力和喜好来选择学校的地理位置。

选择学校，最重要的是考虑个人兴趣和将来职场生涯的发展与规划。弹性空间和多元化的选择一向是美国教育环境给予的特色，因此留美学校的选择，可以充分从个人的兴趣与职业的展望做出发点，而避免人云亦云，盲目追求热门专业。综合自己的学术背景、生活能力、生活习惯、个性的优势和弱势等做出全面客观的考量，从而选出最适合自己的学校。

MBA 是怎么回事？

　　我跟多数人一样，是一个心平气和的平常者。事实上，如果严肃地回忆的话，我的人生从来就没有逃脱过平凡的轨迹——不论我处在什么年代，是一腔热血蠢蠢欲动的愤青也好，是一个貌似成熟内外兼修的新女性也罢，我，始终是平凡的，且走在街上从来也不会被任何人发现有什么不同，无论我自己是否愿意承认。

　　写这些文字是因为，时间、历史的车轮不可逆转，我残余的青春正在不可逆转地离我而去。记忆和岁月都像手中的流沙，因为握得太紧，所以流逝得更加迅速更加无情。

　　在一个 MBA 恶性贬值的年代，在一个供需杠杆向供大于求严重倾斜的年代，在一个只要有钱不需要读书或留洋也可以手持名校 EMBA 学位的年代，在一个中国多数学校都能发出 MBA 文凭的年代，我回过头来，仔细梳理我对 MBA 从最初的认识和到现在的相对了解的整个过程，我并不是为了给 MBA 正名，更不是鼓励所有读这些文字的人去追寻一个 MBA 梦，只是谈谈自己的感受。

　　说实话三十岁出来读书，混的成分大于学的成分，这就是我出国时给自己的定位，所以我没努力花时间精力通过什么测试，拿个高分去选个名校，而是给自己选了一个美国纽约州的地方性的学校，当初出国选学校唯一要求就是学校中国人不能太多，我的名校情结在中国早已被满足了。三十岁出国，心想能正常毕业就行了，一把年纪了还是尽量对自己好点吧，没事就别自己折磨自己取乐了。

当初选择 MBA，主要是因为我本科是法律专业，大学没学过一天高数，所以我只能选择文科类的，最好的选择就是法律，但我本来就觉得只有一个法律学位，学的知识太单一，所以肯定不想再选法律研究生了。我从开始就没打算在美国读本专业，至于其他能选的文科类，我没打算搞研究，所以很多专业根本不考虑。结合我多年工作经验，也认为自己还是有些管理能力，在公司做了几年的法律顾问后，让我感觉一个既懂法律又会管理的人，其实才是许多公司急需的复合型人才，而且 MBA 专业由于涉猎面广，就业可选择领域也比较多，这才是我选择 MBA 专业的重要原因。

其实当时心中对 MBA 还是有一些偏见的，觉得这个没什么专业性，什么都学，哪个领域都不会研究太深。而且国内各大高校已经把 MBA 专业做滥了，什么学校都可以发 MBA 文凭，MBA 给人的感觉就是花很多钱，为有钱人提供一个社交场所，再混一文凭包装自己。多数人一

哈佛商学院

听 MBA 毕业，都会嗤之以鼻，我也曾遇到这样的情况，有人问我，现在很多人都读 MBA 毕业，还是找不到工作，读这个有用吗？其实当初遇到这样的问题，我真想告诉他我就是想来看看。

　　而现在读了一年，我才知道 MBA 是怎么回事，为什么美国的 MBA 是美国三个最贵专业之一，也是美国各大商学院通用的规则，几乎没有任何奖学金。最初来时，第一学期的课程我基本都还在摸索中就结束了，第二学期才开始上道，慢慢找到了上课的乐趣，第三学期才算真正入了门。特别是最近我做的这个商业策划书，整个过程下来，包括实战和各个领域所涉及的问题，让我知道在做一个项目时，先需要做哪些调查和比较，对于财务需要做怎样的预算，还有盈利模式，等等，很多问题都是我以前没有这样系统学习过的，当然这也是我感觉收获最大的一个课程。据说，同学们做的商业计划书，前三名会被学校附近一家给我们这门课赞助的公司买走，且前三名同学会被邀请去参加那个公司的年会。

我不要求课堂上学到的东西最大化，总是安慰自己量力而为，但仅仅就这个过程，我感觉收获就不少，我把课程中的内容和以前工作中遇到的情况结合，很多管理方面的知识是想明白的，而不是从书本上抠出来的。现在我一点也不后悔自己的选择，反而觉得误打误撞给自己做了一个再正确不过的选择。

这一年多，在我日日夜夜受作业折磨的同时，也享受了这个过程，待到收获的季节，我想一切又都值得了。

　　美国对外政策研讨会在华盛顿大学举行，会议的主办方：National Committee on United States-China Relations（美中关系全国委员会）。会议商讨的内容是：对外政策研讨。申请人的条件必须是中国来美国留学的研究生或博士生，人数大概在100到150人。此次会议除了交申请费外，去华盛顿吃住的费用都由会务组解决，这是对学生待遇不错的研讨会了。此次研讨会主要目的，是让中国来美的研究生更好地了解美国的对外政策，这个会议每年举办一次，会议会邀请美国的国会议员、学术界代表、智囊团、商业界代表和媒体等参加，过往他们曾邀请过赵小兰，美国驻中国前任大使尚慕杰（James Sasser），还有国会议员等进行演讲。这次会议还邀请了中国驻美国大使馆公使邓洪波先生，招待会上采访的国内媒体我知道的有两个：凤凰卫视和东方卫视。

　　为期三天的会议整体感觉还是很好的，又让我学到了不少东西，会议的流程安排得很紧，中午吃午饭的时间一个小时，没有时间回房间休息。会议安排了几位美国专家级别的人物演讲，另外还有各个行业的专家为同学们答疑解惑。我根据会议议程提前看了与会专家的背景介绍，这些专家的成功不是一两句就能概括的，在维基百科里都有他们的个人主页介绍。我对这次会议进行了以下的总结：

睿智的美国专家

会议的 speaker 都非常出类拔萃：有将军，希拉里的助理，华盛顿邮报的专栏作家，乔治华盛顿大学的教授，雷曼兄弟亚洲区前总裁以及尼克松访美的组委会成员。这些美国专家每个人都会讲几句中文，还有些甚至是听说读写都没问题，这些人的工作背景都曾跟中国有千丝万缕的关系，个别人做中美关系的工作长达 40 年，还有人娶了中国人做妻子，有人把女儿送到中国去读大学，等等。听他们演讲时，会不时地冒出一句地道的中文，比如"大字报""小康社会""南方周末"，等等，照相时不说 cheese 说茄子，还要强调一下要"笑一笑"。

有同学问，怎么看待现阶段中国存在的问题时，我听到的回答非常精彩和客观。他讲了他的经历，称自己大概去过世界上近 20 个国家工作过，他说我们不能单向地看中国的问题，如果你去过中东去过非洲等等世界上更多的国家，你就能换个角度或视角去看中国的问题，你也可以进行对比，如此看来中国存在的那些问题就都不算什么了。

这些专家在回答同学们的问题的角度和用词让我很崇拜，偶尔又想到中国派到其他国家的外交官，那个被警察殴打的副领事，多少让我心里有些难受。很多人在我面前讲美国好，中国不好，或者建议我留在美国或者回中国，这里有很多人根本都没去过美国，我不知道他们高谈阔论地说生活国外好的基础和依据是什么。我常想：中国问题再多，但中国解决了世界上五分之一人口的吃饭问题。如果连饭都吃不上，还谈什么权利？先解决了吃饭问题，然后才能解决吃得健康的问题。

精彩的学生演讲

第一天下午所有学生被分成 14 个组，分别去参观了华盛顿的一些政府机构或公司。我去的是智囊机构 CSIC，带我们去的志愿者是一位会讲中文的前外交官员，我们的任务是明天讨论。第二天午饭后，主办方给我们每个组 15 分钟时间准备一个 5 分钟的演讲。每个组十人左右，集体做一个小型演讲，有较为严格的时间限制，15 分钟内我们需要确定谁写板书，谁上台演讲，以及演讲的内容也要商定，时间还要控制在 5 分钟左右，这么短的时

参会的同学们

间准备这个演讲还是有一定难度的。15 分钟后，我看到的是每个组都写出了一个精彩的演讲总结。有一组同学把演进通过情景对话的形式演了出来；有一组同学特别煽情地演讲，并在 15 分钟内总结出了团队口号；有一组同学把中美比喻成两只大象，图文并茂地进行了激情演讲；还有一组同学非常搞笑的发明了 Q – PHONE 来形容中美关系，这是中国 QQ 和 IPHONE 的结合来比喻中美关系。所有在美国读书的同学，都有最初被美国式演讲折磨的经历。但几年下来，这种时候却又体现了大家的实力，也体现了美国教育确实不是只教同学们会看书，培养很好的表

同学们的演讲图

达和沟通能力才是每门课都需要演讲的原因。我相信，此次会议同学们带给主办方的收获，不少于那些专家给我们带来的收获。

从来没有感觉自己学历这么低过

参加会议的人多数是PHD，各种学科的博士，其中还有不少访问学者，这次会议多数学国际关系、政治、法律、MPA等专业的文科学生。自己是个MBA，感觉都不好意思说出口，同学们提问时都需要自我介绍，同学们多数是来自哈佛、哥大、耶鲁、杜克还有纽约大学的博士，这次会议中我见到了几乎所有中国人知道的美国名校的同学们。很有意思的是，很少见过上百个博士齐聚一堂，长这么大从来没有感觉自己学历这么低过。我是为数很少的研究生能申请参加这次会议的，因此最大的感触是自己学历太低，学校太小。遇到有些同学和老师说知道我的学校，能让我激动好一阵子。同学们的积极主动的提问和精彩的演讲，让我看到了中美交流的成果，想到这一百多人，回国后肯定是各个行业的精英和栋梁，这些人又代表了部分来美国留学学生的素质。有些同学在国内已是副教授，有些和我年龄差不多，在国内工作过很多年然后来美国做访问学者，但多数比我小三五岁左右，他们很年轻，但他们的知识面和他们的眼界，未来将会影响到很多中国人，并为中美关系做出贡献。

为博士生正名

我不仅要为博士生正名，更要为女博士正名。有很多人在说博，特别是女博士被称为第三类人或者灭绝师太。此次会议后，我想为我看到的女博士们正名，这些女博士虽然是三高人群，但绝对不是人们眼中戴着上千度眼镜的傻博士，她们真的是美貌与智慧并存，活泼可爱，有思想，能说会道，能玩会跳，开会时同学们的知识和智慧都会让你刮目相看，开 party 玩起来也都是夜店的水平。会议结束那天，华盛顿的酒吧基本被同学们包场了，连续走了四五家酒吧，到处都是我们与会的同学，后来因酒吧人太多了，大家又很不甘心回去就睡觉，又玩起了杀人游戏，基本快杀到黎明才各自散去。

有很多人对于博士有偏见，认为都读博士了应该什么都知道，其实不然，读到博士不能代表他们的知识面广，只能代表他们在某个领域研究得很透。我们读中学时是什么都学，读到大学就有专业之分了，读到研究生就有研究方向了，而读到博士，多数成了某个方面的专家。

此次会议给我带来的收获很大，为我在美国的 MBA 毕业画上了一个完美的句号。

纽约与北京交通大比拼

　　我来纽约才一年,对纽约了解得不是很清楚,但会有自己的一些认识。我从以下几方面把纽约和北京进行对比,大家可以看看北京拥堵都存在哪些主要原因。

	人口（万）	面积（平方公里）	市区面积	人口密度（平方公里）
纽约	1900	128,401	785.6	10456
北京	2200	16,410	1368	1341

　　列了个表,这样能看得更明白些。（数据来自百度,不一定准确到个位数,但也不会差太远。）

　　从人口来说,北京人口总数多300万,但北京的市区面积要比纽约大将近一倍,再看人口密度,纽约是北京的8倍。所以大家从这些数据更能看出哪个城市更应该堵。我亲历过北京的堵车,现在北京的朋友总跟我抱怨北京比一年前更堵了,而来纽约一年,我也感受过曼哈顿的堵车,但曼哈顿的堵车对于北京人来说,只能叫行驶缓慢。

　　美国人开车都快,他们认为时速在20公里以下都叫堵车,所以我们有时在纽约说堵车,还自我调侃在北京这叫行驶缓慢，不叫堵车。美国人有时跟我们抱怨纽约堵车，我都很不屑，心想这也叫堵车啊。纽约的交通只有在发生重大伤亡事故时才会堵得纹丝不动。

那为什么纽约的人口密度比北京高8倍，面积小将近一倍，道路根本没法跟北京比——纽约曼哈顿的路都是两条道，特窄，还有很多是one-way，在曼哈顿的高楼大厦下，你有时会感觉是不见天日，楼太高，路太窄，可看空间特别有限。像北京长安街和环路都是双向6到10条车道，我在美国还没见过像长安街那么宽的路呢。而美国平均一个家庭汽车拥有量是至少两辆，北京人的汽车拥有量还没有达到平均一个家庭一辆车。那为什么北京的堵要比纽约还恐怖呢？

第一，纽约城市地铁犹如蜘蛛网一样发达。去年刚来时，我曾经两个月从一个站出地铁，都没分清这一个地铁站有多少个出口，而且像纽约时代广场这样的站，一站下面就会有十多条地铁线，通往城市的每个方向。曼哈顿一个站有十多个出口，每个写字楼到地铁口的距离不会超过五分钟，而且曼哈顿城区的地铁站很短，基本是三四分钟一站。再比较下，北京天安门王府井这样的站才最多不过两条地铁线。还有纽约的地铁车厢特别长，差不多是北京地铁的一倍长，每趟地铁的载客量要多一倍，我也不知道北京地铁为什么在设计之初设计得这么短。发达的地铁，

曼哈顿街头

让生活在纽约的人很少选择开车进城。

　　第二，曼哈顿高昂的停车费。在曼哈顿你能看到最多的车就是出租车，而出了城区，你又会发现根本没有出租车。比如我住的地方，在路上就没有出租车，我们出门想打车都是打电话叫车服务，上门接送。曼哈顿停车费到底有多贵？怎么举例子呢，比如在我住的地方，坐地铁40分钟到时代广场，像这样的距离在北京也就是四环边吧。但纽约类似北京四环边已经是郊区了，这里的交通大家都是以自己开车为主，平常路边停车都是不收费的，就算到法拉盛（纽约新的中国城）主街上去，在那里有停车表的地方或停车场是 20 分钟一个 Quarter，也就是七毛五美分一小时，而且这些收费的地方多数在晚上 7 点以后到第二天 6 点之前也全都是免费的。所以平常除了曼哈顿，纽约其他地方都能找得到免费停车的地方，曼哈顿在周六周日会有免费停车的地方。而在曼哈顿停车一般是 20 美元 1 小时。一个小时最多 0.75 美元和免费停车对比一个小时 20 美元的比例，这下知道什么是停车费的差距了吧，什么是贵了吧，所以基本上很少有人开车去曼哈顿，都会选择既经济又方便的地铁。

第三，城区不是吃饭和购物的唯一选择。比如北京的大型商场和吃饭比较好的地方都在市区，而纽约则不是。自从同学买了车之后，我们很少去曼哈顿，购物吃饭我们都去长岛，那里是居民区，曼哈顿第五大道有的名牌店，在长岛附近应有尽有，而且购物环境比曼哈顿还好，停车方便，购物集中，周围吃饭的地方可选择的也很多，495 公路沿线有很多这样的 shopping mall，我们开车半个小时就能到，因此没人会想着去曼哈顿购物，如果开车一个小时，我们还能到工厂直销店去买打折的名牌。所以在郊区开车吃饭购物都非常方便，纽约当地的居民都是在居住区就能购物吃饭，又有谁会去曼哈顿凑热闹。夏天时有同事来纽约，我请他在曼哈顿吃饭，这次也让我长见识了，这是我来美国一年第一次遇到吃饭要等位等50分钟，而且人山人海，跟我在长岛吃饭那优雅的环境、安静的餐厅没法比，曼哈顿吃饭购物的大部分都是游客。这些都是我们平常根本不去曼哈顿吃饭购物的原因，曼哈顿有的，在纽约郊区到处都是，基本都是开车半小时什么都有，而且服务质量和环境都比曼哈顿还好，所以根本没必要去市区。试想北京何时才能达到这种程度，如果都在六环以外购物吃饭，大家都不用往城区跑，我想北京就不会这么堵。

第四，免费高速。美国的高速公路多数都是免费的，每个州之间会收费，但也非常的便宜。9月份我们开车去波士顿，途中还经过了康州，跑了三个州来回收费总共才20美元，所以美国人一般不会挤在免费的路上，而是哪里方便哪里走。而北京的高速路堵得一塌糊涂，还照样收费，比如八达岭京藏高速、京通高速都是些常年拥堵的高速，还没纽约的小路跑得快，而且北京的路多数都比纽约的好，纽约的道路时间太长了，很多都坑坑洼洼的，但车一样是开得飞快。所以在北京大家都往免费的路上挤，如果六环取消收费，那五环肯定能减轻一些压力，如果北京的道路都不收费，大家认为会不会缓解一些拥堵呢？

曼哈顿还有一些有钱人是开飞机上班的，在华尔街上班的那些大佬们，每天都开着自己的直升机，从长岛到曼哈顿20分钟，华尔街的那些楼顶都是他们的停机坪。反正各种生活方式、工作方式、全面的配套设施，才有了相对有序的曼哈顿。

　　如果说北京想通过今天出个政策，明天出个规定来缓解拥堵，就从我浅薄的认识都觉得不可能，这根本不是哪一个部门能完成的任务，也不是一个政策就能解决的问题，只有从大环境全面改造生活方式，才有可能解决拥堵。

黑色龙卷风

黑色五分钟前……

我一天都在纠结我的作业，我一直认为这个需要写三个月的作业——高端项目战略策划书，是我两年 MBA 所有课程的精华所在。我四处求解，收集资料，拓宽思路，一天找了 N 个朋友 QQ 语音讨论作业，商量写作思路，基本拟出了写作大纲，才感觉文章的思路似乎清晰了，眼前似乎豁然开朗，正准备大干一场呢。紧接着我却感觉到屋里的灯闪了一下，然后就再也不亮了，就跟鬼片电影中的鬼来了一样。

黑色五分钟……

我还没来得及反应，就看到窗外已黑了，乌云密布，电闪雷鸣，草木皆飞，瓢泼大雨，豆大的雨点打在窗户玻璃上，外面已经什么也看不见了。这暴风雨来得之突然，来得之迅猛，来得之可怕，我还真没见过这阵势。

从来没有发现自己会被电闪雷鸣吓到，那是因为从来没有在遇到这种可怕的龙卷风的同时还遇到停电。我几乎没有反应过来发生了什么，就感觉不能一个人待在屋子里，太可怕了。我立刻冲出了房间，冲下了楼，此时如果有个男人在，估计我一定飞扑过去了。幸好房东阿姨在家，但她没比我强多少，她恨不得向我飞扑过来，并且躲在我身后，开始跟我絮叨她小时候被打雷闪电吓到过，心里有阴影。

黑色五分钟后……

我们还不知道发生了什么，是不是就自家停电了还是都停电了。从窗口再往外看，前院后院一片狼藉，垃圾及垃圾桶散落得到处都是，小院后面的菜园，黄瓜苦瓜还在微风中摇曳着，叶子上慢慢地往下滴着水珠。

由于停电，周围的邻居们都走出了家门，看着门前散落下来的电线，看两旁被吹倒的小树，还有那些被闪电劈倒的大树。我家门口的状况基本是惨不忍睹，房东叔叔下班回家，出了高速车就开不动了，道路两旁到处都是比人还粗的树被闪电劈倒了，似乎这个城市经历的不是五分钟的龙卷风，而像经历了一场浩劫。

此时正当下班和晚饭时间，我看到远处街角的餐厅，所有用餐的客人都走出了餐厅，戴着高帽子的厨师们也都出来透风了。这时纽约的各种警报声，开始疯狂地叫了，忽远忽近，我知道在没来电之前，各种警报声会一直不停地撕心裂肺地在叫，不停地飞奔在这个忙碌的城市中，穿梭在归心似箭的车流中，游走在焦急等待来电的人

龙卷风之后被折断和被连根拔起的树

群中……

　　这就是纽约，平常没事警报每天还响个不停呢，就好像时时提醒人们有恐怖分子劫过飞机、炸过大楼一样，更别说现在大面积的停电了。什么时能来电啊？我电脑的电池有限，没有网络我写不成作业聊不成QQ，就用五分钟写篇黑色五分钟的文章吧。

　　现在我还能想起的就是高尔基的文章《海燕》，让暴风雨来得更猛烈些吧！

　　第二天，我家一直处于停电状态，看到我拍的图片，就知道纽约部分地区的惨状了，特别是我家这边，以 HOUSE 为主损失惨重，比几个人还粗的树都被劈倒了，皇后区法拉盛缅街上的教堂顶都被劈没了。今天看到报纸说有一人死亡，如果在中国，正好赶上下午下班时间，到处都是人，遇到这种灾难，估计又得死个好几百人。法拉盛附近有 3 万户停电，长岛有 12000 户停电，被砸的车辆没看到统计，反正我家门口的车基本都挨着被砸了，似乎我家附近是重灾区。

由于家里没电，今天早晨 7 点起来，就去家门口采风去了，在我家门口 200 米内拍了很多惨不忍睹的照片。下午我去同学家，他们家是下午 5 点来电，我很兴奋想着回家能发图片了，结果他们开玩笑说我："别人家来电不代表你家来电，估计你回家一看自己家还是没电。"回家之后才发现，很不幸被他们言中了。回家之后不但没电，我家更可怜的是有蜡烛，没火，前一天就找到一盒火柴，里面只有一根火柴，我擦了好长时间才点着，没想到今天还没来电，连火都没有，只有摸黑上床了。

第三天终于来电了，我都快哭了。这几天没法洗澡，几天没喝热水，家里基本是只能睡觉的状态。

华尔街的大地震

2012 真的要来了吗？我可不想在美国挂了。我昨天刚看了回国的机票，基本已确定回国日期了，但刚才的地震让我现在还没有平静下来。

今天，纽约 340 英里外发生 5.8 级地震，纽约震感强烈，曼哈顿的摩天大楼在空中晃动了一下，大部分上班族撤离办公区，聚集在大街上，并和家人联系通话互报平安，这是纽约多年来最大的一次地震。

纽约地震，大楼摇晃感只持续了几秒钟，有报道称东海岸大部分城市受到影响，还包括加拿大的多伦多。纽约市的警察总部和市政厅被紧急疏散，26 层的曼哈顿联邦法院中数百人逃离大楼。我的办公室就在市政厅对面的百老汇路上，离华尔街走路十分钟。

据美国地理调查组织（USGS）报道，地震发生在美东时间 1 点 51 分，震级达 5.8 级。震中为弗吉尼亚西北部，离夏洛特斯维尔不远。据《纽约时报》报道称，在震中米尼尔洛（Mineral），一个仅有 500 人的弗吉尼亚小镇，居民房屋内物品有大量破坏。该地距离多米诺电业十年前新建的核电站北安纳（the North Anna），仅数英里之遥。

地震时，正是我们办公室每天最忙的时候，因为每天下午3点我们要去纽约联邦法院交材料，还要去邮局寄材料，1点多钟正是办公室最忙的时候，我正在赶各种材料，我站在复印机旁觉得好晕啊，怎么了？然后就听到外国同事们都开始叫地震了，我是一个没什么安全意识的人，我没想到需要下楼到外面去。但我的老板从他的办公室出来，让我们赶紧下楼。

下楼后五分钟我就看到整个百老汇路上站满了人，我办公室的楼对面就是市政厅、曼哈顿联邦法院等政府办公大楼，地震使不少大楼的人员被疏散。下楼时，我在楼道中没有看到拥挤，非常有秩序。到了楼下，我看到我的美国同事，都是背着包下的楼，而我两手空空，他们逗我说，一看你就没有受过训练。她们从容地下楼，拿着电话和包做好了不再上楼的准备，因为他们知道大楼或许会被封，如果不拿电话和包，怎么回家啊，我就是那个两手空空没任何准备的人。后来听同事们说曼哈顿有些大楼已经被封，幸好我们的大楼没有被封。

地震五分钟后，曼哈顿的上班族全部都从办公楼里撤离了。此时再打电话就已经全线不通了，Verizon Wireless 和 AT＆T 公司说，因为地震导致用户潮水般打电话，造成网络堵塞。不到半小时，我们就看到了有直

地震后百老汇街头

升机在曼哈顿上空盘旋。我的老板很有奉献精神，他自己悄悄上楼，去关了办公室的电脑，又帮我们收拾了个人物品让我们回家，他是律师，他知道如果我们任何一个员工出事，他可能会赔很多钱。好惊险的一天啊，我在楼下唯一想的是，我要回国了，我快三年没见父母了，我可不想一个人在美国就这么挂了。

人们认为地震往往是在美国西海岸发生，只有强烈的地震会出现在美国东部地区，但概率特别低。更重要的是，美国东部地区的地质结构具有许多冰川时代残留的坚硬岩

曼哈顿地铁

石,从而使这里的隆隆声能从震中传播得更远且更为强烈,因此一旦发生地震,其损坏范围将更大且更为严重。比如,1737年发生的一场5.0级的地震导致纽约的烟囱倒塌,从波士顿到费城一路都有震感。而1884年发生的一场5.5级的地震造成了差不多的损坏,但纽约周围毁坏的范围比上一次更大。此区域在1783年还经历了另一场地震。

从纽约地震的历史来看,纽约平均大约每100年就会至少出现一次5.0级的地震。科学家表示,此断层的长度和经受的压力表明纽约可能会发生6级甚至7级地震,这比5级地震大10-100倍,且这相当有可能。科学家计算出,纽约地区大约每670年就发生一次6级地震,每3400年就发生一次7级地震。

由于纽约的房屋多由未经加固的石头建成,现在市政部门也开始着手对一些房屋进行加固，以期达到国际防震标准的要求。美国纽约地区地震损失减轻联盟计算出纽约地区遭受大地震可能会造成 390 亿到 1970 亿美元的经济损失。2001 年对美国新泽西州北部卑尔根县的独立分析中，科学家估计一场 7 级地震将会造成这一地区 1.4 万幢房屋被毁，还会造成 18 万幢房屋不同程度的损坏。

美国东部许多地震在地表上是看不到，因此大地震可能会在没有人知道的某处断层中爆发出来。纽约捷运局发言人曾表示，地震不会是他们考虑的问题，因为纽约不会遭到大规模地震的袭击。

据记载，1884 年，一场震级达 5.3 级的地震袭击了布鲁克林和沙湾(Sandy Hook)之间的海域。到目前为止，纽约还没有经历过 6、7 级的地震。不过 5 级左右的地震会震倒砖房屋顶和烟囱。地震学家阿姆布拉斯特（John Armbruster）说，纽约如果现在发生大地震，其破坏程度将远甚于 1884 年。

霍夫斯特拉大学 (Hofstra Univ) 的地质系教授梅查理 (Charles Merguerian) 说："我们纽约最大的威胁是飓风而非地震 ... 不过人们不应忽视发生地震的可能性。"

我在纽约近三年的时间里，经历了纽约多年不遇的龙卷风，造成纽约大面积停电三天，还遇到飓风，整个纽约两天不用上班，而且是自纽约地铁开通以来，唯一全面停运的一次。至于冬季的暴雪则更为常见，这次连几十年不遇的地震也让我赶上了，对于这样的恶劣天气，我更开心的事则是不论是学生还是工作人员都放假。我在美国看过的电影应该超过上百部，都是因为在美国，这样无所事事无聊的日子实在太多了。

尼亚加拉瀑布

从我想了一下要去尼亚加拉瀑布到决定要去，再到旅行出发，总共不到 24 小时，我就踏上了去尼亚加拉瀑布的行程。

上车的第一个小时，我接连出状况，弄的心情有点糟。我按号入座后，旁边是一个印度人，此人体味过重，已经不是我平常不回头就知道十米以内有个印度人的咖喱味了，像是一个月没洗澡快要腐烂的味道。我赶紧找导游询问车是否满员，如果满员，那一刻我都想放弃我的行程回家算了。还好车上有空座位，后来我发现不仅我调整座位走了，他的前排根本没人敢坐。

从纽约开车到尼亚加拉瀑布大约七个小时，我们在下午时到达尼亚加拉瀑布。尼亚加拉瀑布是世界上最大的跨国瀑布，位于加拿大安大略省和美国纽约州的交界处，与伊瓜苏瀑布、维多利亚瀑布并称为世界三大跨国瀑布。

传说在尼亚加拉峡谷中住着一个古老的印第安部落，族里规定女孩成年后通常是由父母私订终身。有一位很美丽的印第安少女在成年仪式上，被父母许诺给了一位又老

又丑的老头，少女顿觉痛不欲生，跑到尼亚加拉大瀑布前哭泣了一天一夜，最终竟坐着竹筏漂进了大瀑布中，再没有回来。也许就是这美丽而动人的传说，使许多人相信大瀑布后还有另一个美好的世界，有一个美丽的少女，因此每年从尼亚加拉瀑布跳下的人不计其数。

尼亚加拉瀑布周围建设了一系列游乐设施，加拿大一侧划为维多利亚女王公园，美国一侧划为尼亚加拉公园，瀑布四周建立四座高塔，游人可乘电梯登塔，瞭望全景，也可乘电梯深入地下隧道，钻到大瀑布下，倾听瀑布落下时洪钟雷鸣般的响声。

按美国人的说法，尼亚加拉瀑布被两个岛屿分成了三段，两个岛屿分别是山羊岛和鲁纳岛。三个瀑布："马蹄瀑布"（即"加拿大瀑布"，状如马蹄）、"美国瀑布"和"新娘面纱瀑布"。马蹄瀑布由于水量大，溅起的浪花和水汽有时很高，人稍微站得近些，便会被浪花溅得全身是水，若有大风吹过，水花可及很远，如同下雨。美国瀑布让人着迷的是激流冲及瀑布下的岩石时的情景。"新娘面纱瀑布"在宽阔的"美国瀑布"旁边，尽管只细细一缕，却自成一支。它有流水潺潺、银花飞溅的迷人景色，同旁边蔚为壮观的美国瀑布相比，它显然别具一格，另有一番风韵。

尼亚加拉瀑布也是一个情侣幽会和新婚夫妇度蜜月的胜地。翘首仰望，便见大瀑布以铺天盖地的磅礴气势飞流直下，不禁使人心里涌起一股激情，与大自然产生共鸣。

在尼亚加拉瀑布，为了充分观赏瀑布并领略瀑布的磅礴气势，我们乘坐了最为有名的游船"雾中少女"号。"雾中少女"的乘船码头在美国瀑布的正面，购票后先乘坐缆车到河边，然后每人领取一件雨衣。游船先经过美国瀑布，然后开往加拿大瀑布，在这里可以很真切地感受到瀑布狂泻直下而产生的巨大水汽与浪花，水势汹涌有如千军万马，惊心动魄。大瀑布总是敞开胸怀欢迎所有的游客，游船只是略略靠近瀑布，便被落下的水浪冲击得大幅摆动，暴风雨般的水珠会劈头盖脸地砸来，此时再好的雨衣也无法抵御大瀑布的盛情，所有的乘客都会随着雷鸣般的水声兴奋地欢呼起来。这与其说是观赏瀑布，不如说是亲身体验瀑布。

　　游船穿梭于瀑布激起的千万层水汽中，从岸上看，真是如同"雾中少女"一般。虽然我们都穿了雨衣，身上还是被打湿了，由于浪花和水汽太大，相机几乎无法拿出来，还没站好位，镜头就全湿了，一般的游客根本无法进行拍摄，且场面太大，普通的相机广角都不够，像我这样的游客基本是保证自己的人身安全，别在船上摔倒，不被全身淋湿，还能自己用眼睛欣赏美景，就算很成功了。

　　尼亚加拉瀑布在白天看波澜壮阔，入夜后则是另一番景象。在红日西坠时，珠幔般的水花，在夕阳映照下，七彩虹霓，灿然入目。当夜幕降临之际，瀑布水色渐显灰黯，此时围绕着瀑布周围的巨型聚光灯，突然齐放绿光，使原已灰黯的瀑布，顿时大放光彩，变得晶莹透澈，熠熠生辉。尤其从塔顶望出去，到处是五颜六色的灯光，瀑布的景象比白天更加多姿多彩。在夏季的每个星期五，尼亚加拉瀑布上空还有焰火表演。

　　瀑布本身的景就已壮观到无法用普通相机进行拍摄，且晚上还有七彩灯从加拿大那边照过来，对面加拿大的夜景自然是美不胜收，瀑布周围到处是水汽，如同下着毛毛细雨，而我所看到的整个大瀑布的夜景根本无法用我那傻瓜一样的数码相机拍摄下来。

　　从尼亚加拉瀑布返回纽约的途中，去了位于圣劳伦斯河与安大略湖交汇处的千岛群岛。千岛群岛和尼亚加拉瀑

最短的国际桥

布一样分属加拿大和美国两国，西段岛屿多属加拿大，东段岛屿多属美国。据导游说，这些年美国和加拿大曾多次派人数过千岛群岛上有多少个岛，但遗憾的是每次数出来的结果都不一样，所以至于岛上到底有多少个岛，大家都不清楚，最近一次数的结果是 1865 个小岛，湖中的小岛大的有 100 平方千米，小的只有几块礁石，世界上有些超有钱的人会花钱在这里买下一个岛建一个房子。

比较著名的是 Boldt 城堡是全岛最漂亮的建筑。这个城堡是哈利·波特式的城堡，城堡共有 365 个窗户，与城堡的建立有关的一段凄美的爱情故事也给整个城堡增加了些许神秘唯美的色彩。千岛群岛上还有世界上最短的国际桥，如果想完全看出千岛的景，应该是航拍图最漂亮，每个岛上的建筑也是世界各国的样式都有，风格迥异，什么样的建筑都有，在这里一个岛就是一个家，回家需要开游艇或者快艇，陆地房子的车库在这里也变成了水上游艇库，很有意思。

　　参加尼亚加拉瀑布游的旅行让我对印度人有了一个新的认识。尼亚加拉瀑布景点到处都是印度人，一家至少带两三个孩子，或者更多，又喊又叫，前呼后拥。我们车上还有另外两组印度人也很神奇，一个印度老头，早晨在酒店吃早点时，他用手把同样的点心挨个摸一下，再捏一下，试完手感后，结果哪个也没拿，很神奇的一个老人，让我感觉很无语。还有一对印度夫妇带一个孩子，那孩子很有意思，每当车上人都在睡觉时，她一直又哭又闹又喊又叫，吃饭时大家都在谈论那孩子。

　　这次行程中遇到的印度人，感觉有点像十年前的中国人，由于这些年关于中国人的负面报道太多，现在国人出行也比较注意言行举止了，也希望国际社会能对国人能有一个正确的评价。而这次出行遇到的印度人，或许他们也不能代表印度所有人，但一定是具有代表性的。因此参加这种来自世界各地的国际旅行团，我们真的需要注意自己的言行举止，不然你有可能代表的就是一个国家的人民形象。

　　旅行团中有四个俄罗斯帅哥也是大家谈论的对象，他们每次都迟到，导游就会罚他们唱歌，两天的尼亚加拉瀑布我还听了两天俄罗斯歌曲，并与四个帅哥合影留念，他们还邀请我去俄罗斯旅行。

疯狂的万圣节

在西方国家，每年的 10 月 31 日，有个"Halloween"，中文译作"万圣节前夜"。万圣节是西方国家的传统节日，这一夜是一年中最"闹鬼"的一夜，所以也叫"鬼节"。

这一天，美国的街上四处可见精彩的现场表演、戏台上演的幻觉魔术、逼真的游尸和鬼魂，以及各种恐怖电影的放映。到了晚上，便赶紧将蜘蛛丝架起来，再帮负责吓人的演员上妆。鬼屋的内容，则大多与电影主题有关，如：神鬼传奇、星际传奇、惊悚故事……这些场景的布置、化妆技术和戏服，有如真的情境，一不留神，往往令人惊声尖叫。

这场嘉年华盛会的由来是在公元前 500 年时，居住在爱尔兰、苏格兰等地人们的习俗，他们相信，人的亡魂会在 10 月 31 日这一天回到生前所居住的地方，并在活人的身上找寻生灵，以获得再生的机会。当地居民因为担心鬼魂来夺取自己的生命，故当 10 月 31 日到来时，会将所有灯光熄掉，使得鬼魂无法找寻到活人，并打扮成妖魔鬼怪以将鬼魂吓走。

各种南瓜和巨型南瓜

　　随着时间的流逝，万圣节的意义逐渐变得含有喜庆的意味。因此，现在象征万圣节的妖怪及图画，都变成了可爱又古灵精怪的模样，如番瓜妖怪、巫婆等。喜爱发挥创意的美国人，在这一天则极尽所能地将自己打扮得鬼模鬼样，让鬼节变得趣味多了。

　　万圣节是儿童们纵情玩乐的好时候，它在孩子们眼中，是一个充满神秘色彩的节日。夜幕降临，孩子们便迫不及待地穿上五颜六色的化妆服，戴上千奇百怪的面具，提上一盏"杰克灯"跑出去玩。"杰克灯"的样子十分可爱，做法是将南瓜掏空，外面刻上笑眯眯的眼睛和大嘴巴，然后在瓜中插上一支蜡烛，把它点燃，人们在很远的地方便能看到这张憨态可掬的笑脸。

　　收拾停当后，一群群装扮成妖魔鬼怪的孩子手提"杰克灯"，跑到邻居家门前，要糖果款待他们。当然，所有的人家都非常乐于款待这些天真烂漫的小客人，我在纽约的房东即便是中国人，他们也准备了很多糖果来款待这些敲门的孩子们。所以万圣节前夜的孩子们总是肚子塞得饱饱的，口袋装得满满的。

纽约市每年都会在万圣节晚上举行巡游，让一群"吸血鬼""僵尸""巫婆""科学怪人"等齐齐现身，还欢迎市民到场参观，到会者不限年龄、性别，不分阶级、国籍，即使你是胆小鬼，也可加入他们的行列，来个热热闹闹的"人鬼嘉年华会"。

纽约市的万圣节巡游每年都吸引成千上万的纽约人和游客参加，而巡游会在格林威治村（Greenwich Village）举行，各个队伍约在晚上 7 时从第六大道与春天街交界（6th Avenue & Spring Street）起步，一直游行至第二十三街（6th Avenue & 23rd Street）为止，全程大概 3 个小时。

其实早于 10 月中，曼哈顿市已开始"闹鬼"了。繁忙的街道上，已看见四处悬挂起万圣节的鬼怪装饰，很多百货公司也忙着把应节礼品及衣物堆放在橱窗里，吸引不少路人驻足观看，而超级市场及街市亦摆放大大小小的南瓜售卖，供市民买回家布置或制作南瓜灯之用，当然也有主妇烹煮南瓜做菜肴或糕饼，完全按照节庆传统。无论是来自亚洲、南美、非洲、欧洲以至中东地区的参观者，都可以把自己装扮成各式各样的人物，亦可携带简单的乐器，即时演奏本土的独特音乐，融合无疆界的风土文化。

这些鬼怪都是人扮的，所以并不可怕，相反有些小鬼脸更非常可爱，令人置身其中，就如参加大型化装舞会一样。在各式各样的装扮角色中，女巫僵尸是最多人扮演的，而那些专卖万圣节用品的店铺也特别准备这类衣饰出售，以迎合大众所需。与此同时，生产商每年更会把当年大热的人物造型包括面具及衣物推出市场，务求令更多人投入这西方传统节日的热潮里，如电影《哈利·波特》的小巫师造型，已是许多孩子必选的扮演角色。

在我家附近，许多邻居为了应节而特别布置了家园，有涂上鬼脸的南瓜，写了幽默字句的墓碑，挂在树上的骷髅骨头，飞到屋顶的胖巫婆，还有从信箱中伸出的绿色怪手，更有些邻居把自己的前园装点成坟地，当晚上经过这些地方时，觉得特别阴森恐怖，有些人在屋子外面铺上蜘蛛网，形如荒废很久的凶宅。总之各形各色，把万圣节的鬼魅色彩带到人们生活的每一角落。

即使纽约人这夜选择留在家中，也可以感受到西方鬼节的气氛，因为无论电视台及电台均会推出有关万圣节的特备节目，而在网络世界，除了有各式各样的万圣节不停发送外，很多大型网站已一早准备迎接这节日的到来，特别把网页改头换面，又或设计新游戏，等待更多人进入网区。家里的门铃会时不时地响起，有一些装扮可爱的小朋友由父母带着，问邻居们要糖果，还有一些稍大一点的孩子就三五成群地结伴问邻居们要糖果。

这让我想起了我的小时候，大概五六岁的时候，我还记得每年除夕，小孩子们穿着新衣服去问邻居家要糖果，那时候糖基本还是过年过节才会有的零食，大年初一小朋友们会比谁要的糖果最多，谁的糖果最好吃，谁的糖纸最好看。我跟同学们说起这事，他们都说不知道，没有经历过，我恍然想起我跟他们已是隔代人了。我五六岁的时候，他们还没有出生，等他们五六岁时，中国的物资已经没有那么匮乏了，他们已然是吃巧克力长大的孩子了。

万圣节是最能体现美国文化的节日之一，纽约的万圣节游行每年大概会有 200 万人参加，也号称世界上最大的万圣节游行。在这一天，最神秘、最热烈、最动人的气氛会融合在一起，汇集成一股潮流，扫遍大街小巷。如果你到了纽约，一定要参加一次曼哈顿的万圣节游行。

快乐的感恩节

感恩节的由来

　　感恩节的由来要一直追溯到美国历史的发源。1618年北美洲东岸遭受传染病"天花"的袭击，大批土著居民死亡，一些村落荒芜。1620年，著名的"五月花"号船满载不堪忍受英国国内宗教迫害的清教徒102人到达美洲。1620年和1621年之交的冬天，他们遇到了难以想象的困难，处在饥寒交迫之中，冬天过去时，活下来的移民只有五十多人。

　　这时，心地善良的印第安人给移民送来了生活必需品，还特地派人教他们怎样狩猎、捕鱼和种植玉米、南瓜。酋长迈斯色以乐意让这些远方的来客到这些遗弃的村落安身，并与他们结为友好联盟。在印第安人的帮助下，移民们终于获得了丰收，在欢庆丰收的日子，按照宗教传统习俗，移民规定了感谢上帝的日子，并决定为感谢印第安人的真诚帮助，邀请他们一同庆祝节日。

　　在第一个感恩节的这一天，印第安人和移民欢聚一堂，他们在黎明时鸣放礼炮，列队走进一间用作教堂的屋子，虔诚地向上帝表达谢意，然后点起篝火举行盛大宴会。

没有恩人的感恩节

第一次欧洲新移民与印第安人一同庆贺的感恩节延续了三天，双方也同意了一个和平、友好的协议：印第安人欢迎他们在其中一块原属印第安人的土地上建造属于新移民自己的村庄。这个时刻原本是双方友谊逐渐巩固的开始，但不幸的是，友好的关系并没有持续太久，这种兄弟情谊仅持续了近50年。由于不再像以前一样需要印第安人的援助，一些新移民慢慢淡忘了他们一开始遭受的困难以及受到的帮助；再加上更多新移民不断地涌入，双方的不信任感逐渐升高，摩擦产生越来越多；一些新移民甚至不容忍印第安人的宗教信仰，试图教导、说服印第安人他们的信仰是不正确的。许多的摩擦与冲突导致了后来的"菲利普王之战"（King Philip's War）。

最初时期，对于印第安人的慷慨，殖民者会说："Thanks Giving"；到后来，演变成你不"Giving"，我就要设法"Taking"。菲利普王之战根源在于开发利用土地资源的冲突，在没有土地所有权也就没有开发利用权的实际情况下，转变成一场争夺和维护土地所有权的战争。

北美洲的历史，似乎在揭示这样一个冷酷的规律：如果一块土地存在更有效的开发方式、能够创造更大的社会财富，那么最终这块土地会依这种开发方式进行。文化传统、土地所有权、宗教法律、人伦道德等都不能制止这种潜规律的运行。

尽管印第安人是美洲大地最古老的居民，是这块土地最原始的主人，但是要试图维护低效的、传统的土地利用方式，总归要失败的。遗憾的是，这个失败以非常野蛮的方式结束，最终印第安人不仅丢失了土地所有权，还葬送了不少族人的性命，失败的苦涩，不堪回味。

当然，有人把菲利普王之战看成印第安文化和欧洲文化之战，倾向树立基督教文明；有人把它看成是白人和土著的种族战争，意在激发民族主义情绪；有人从中找到殖民主义扩张的罪恶证据，证明反对殖民主义的正义性；还有的以这场战争中发生的严重摧残人权的行为，来揭露今天美国高举人权旗帜的虚伪性；甚至白人至上主义者也可以从中找到有色人种愚昧落后的大量例子，以支援白人种族优越论……凡此等等，都是各取所爱，试图从万花园里采一瓣颜色，代表自己言说的那个春天。

但是人们不知道，那个纯朴好客的部落就是万帕诺亚部落，那个古道热肠的印第安人酋长就是菲利普王的父亲——迈斯色以。感恩节宴会上应该悬挂老酋长"迈斯色以"的画像，但是面对老酋长的儿子菲利普王以及他的部落都被消灭的历史，这感恩节怎么个感法呢？

每年11月第四个星期四是美国的感恩节。感恩节是美国人民独创的一个古老节日，也是美国人合家欢聚的节日，因此美国人提起感恩节总是倍感亲切。

在当前广为人知的感恩节版本里，往往只强调双方的友好关系以及欢乐庆贺的气氛；但也有许多人指出，只一味强调感恩节的快乐以及友好对印第安人并不公平，因为这样容易让人们倾向忘记后续对印第安人的剥削与屠杀的历史。

黑色星期五

每逢感恩节这一天，美国举国上下热闹非凡，人们按照习俗前往教堂做感恩祈祷，城乡市镇到处举行化装游行、戏剧表演和体育比赛等，学校和商店也都按规定放假休息。孩子们还模仿当年印第安人的模样穿上离奇古怪的服装，画上脸谱或戴上面具到街上唱歌、吹喇叭。散居在他乡外地的家人也会回家过节，一家人团团围坐在一起，大嚼美味火鸡，并且对家人说："谢谢。"感恩节后，学校会让同学们画一张感恩节的画，大多数学生都画的是火鸡。

街头骑警

　　同时，好客的美国人也忘不掉这一天邀请好友、单身或远离家乡的人共度佳节。从 18 世纪起，美国就开始出现一种给贫穷人家送一篮子食物的风俗。当时有一群年轻妇女想在一年中选一天专门做善事，认为选定感恩节是最恰当不过的。所以感恩节一到，她们就装上满满一篮食物亲自送到穷人家。这件事远近传闻，不久就有许多人学着她们的样子做起来。不管遇到谁，他们都会说："THANK YOU！"

　　感恩节购物已经成了美国人的习俗。从感恩节到圣诞节这一个月，美国零售业总销售额能占到全年的三分之一强，是各个商家传统的打折促销旺季。疯狂的购物月从感恩节的次日（星期五）开始，这一天即被称为 Black Friday（黑色星期五）。之所以叫这个名字，是因为周五这天一大早，所有人都要摸着黑冲到商场排队买便宜货，甚至会有人前一天夜里就在商场门口扎营排队，这种行为有个非常形象的说法，叫 Bird of getting up early（早起的鸟儿）。在美国，"感恩节"几乎和中国的春节一样重要。

感恩节食物

感恩节的食品极富传统色彩。每逢感恩节，美国人必有肥嫩的火鸡可吃。火鸡是感恩节的传统主菜。它原是栖息于北美洲的野禽，后经人们大批饲养，成为美味家禽，每只可重达四五十磅。现在仍有些地方设有猎场，专供人们在感恩节前射猎，有兴趣的人到猎场花些钱，就能亲自打上几只火鸡回家，这会使节日更富有情趣。

火鸡的吃法也有一定讲究。它需要整只烤，火鸡皮烤成深棕色，肚子里还要塞上许多拌好的食物，如碎面包等。端上桌后，由男主人用刀切成薄片分给大家。然后由各自浇上卤汁，撒上盐，味道十分鲜美。感恩节的食物除火鸡外，还有红莓苔子果酱、甜山芋、玉蜀黍、南瓜饼、自己烘烤的面包及各种蔬菜和水果等。这些东西都是感恩节的传统食品。

感恩节餐桌的布置也很有特色。主妇们不是照往常一样摆放鲜花，而是摆放水果和蔬菜。中间还常常放上一个大南瓜，周围堆放些苹果、玉米和干果。有时人们还把苹果或南瓜掏空，中间放满去壳的干果或者点上蜡烛。平时，女主人可以在饭后把客人让到客厅里，但在感恩节却不这样做。感恩节的聚餐是甜美的，每个人都愿意在饭桌旁多待一会儿，他们一边吃一边愉快地回忆往事，直到最后一根蜡烛燃尽。

我的感恩节

我对于美国短暂的历史多少还是有些兴趣的，或许跟我是一个文科生有关系。我在网上查看了许多感恩节的信息，知道了感恩节的由来，知道了菲利普王的战争，知道了感恩节的传统过法，所以想与大家分享上面我知道的美国历史文化。

美国人过感恩节从周四开始放假，连放四天，到下周一才上班，而我这个外国人在美国过的第一个感恩节却给自己放了七天假，在美国好好感受了一把感恩节气氛。

　　一个月前，班里就有同学就为了去 WOODBURY "血拼"订好了车票，我不是购物狂，也不喜欢买名牌，更不愿意花几十美金车票去购物，感觉不买个几千美元的东西，都对不起这车票钱。

　　虽然没去"血拼"，但这一周在纽约的感觉跟中国的春节差不多，还是吃好喝好玩好最有过节气氛。曼哈顿34 街韩国餐馆街的韩餐非常有名，饭菜还不错，比较郁闷的是点菜的感觉非常的不舒服，如果把韩国饭菜翻译成中文我不见得能搞懂那是什么吃的，翻译成英文基本就不知道那是吃的还是喝的，是饭还是菜。最后菜基本是服务员给点的，点完了端上来什么就只能吃什么了，基本没什么可选择的余地，还是思念北京各种口味的饭菜啊。晚上9 点独自从曼哈顿回家，公交车上就我一个人，觉得有些凄凉，无比怀念北京热热闹闹的气氛。

　　去同学家小范围聚会也是过节必不可少的活动。以前在北京工作时，我的同事朋友多是 60 后的人，现在我和60 后人的孩子是同学，又和他们成为朋友。吃完饭，我看着一桌子男生在打游戏，我发现就我一个女生，在北京时，我就经常混在男人群中，五个同乡就我一个女的，大学同学交往甚密的也是一群男生，想想才突然发觉自己总是混在一群男人中间，但至今还单着。

　　刚到纽约时，班里这些同学就给我起了个外号："一姐"。后来，在我美国的同学中，很多人不知道我的英文名字，也从来不叫我的中文名字，但"一姐"的名号却在他们中间知名度很高。来纽约三个月过后，发现自己又混在了一群接近90后的小男生中间，现在我跟他们已然成了自家人，去K歌叫我，去打台球叫我，去喝酒还叫我，甚至是泡妞还叫我帮助选礼物，他们从不嫌我是个大龄女青年，干什么都喜欢叫我，还不厌其烦地接送。

好朋友上周在纽约刚结婚，今天是她的生日也是感恩节的正日子。她去年来美国，半年后认识了老公，老公是美籍华人，俗称ABC，哥伦比亚大学的牙医博士，在纽约有自己的牙医诊所。后来，我在纽约打的第一份工就是在他的牙医诊所上班，别人需要干一个月的工作，我半个月就帮他把积压半年的政府保险单全部申请完了，好朋友开玩笑说，本来还想在诊所跟我聊一个月的天，结果我半个月就把工作干完了，不过倒是帮她省了一笔银子。在美国，这种短工都是按小时计费，如果是雇佣别人，一般都会拖延工作，一个月的工作肯定没有人会选择提前干完，我提前干完的福利就是，我在美国看牙也都是他们几乎免费的赠品。很多人说美国没有人情味，但我一直觉得其实不论在哪里，做人做事的道理都是相通的。

我在美国的第一个感恩节也是被好朋友邀请一起过节，他那个曾经是中国人的牙医博士先生给我们做了中西

合璧的饭，我们吃了感恩节传统的火鸡，还吃了他亲自卤
的牛肉。一顿丰盛美味的大餐，几个聊得来的朋友，一瓶
红酒，一个蛋糕，共同怀念在中国的美好时光是感恩节大
餐上最主要的话题。

　　感恩节的最后一天，两个男生要给女朋友和妈妈
买化妆品，很早就开车来接我出门，一定让我今天帮
他们把女朋友、妈妈的礼物都买齐了才可以。没有去
WOODBURY 血拼，但感恩节购物的任务还是很重，我
不但要帮他们买四个女人的化妆品，还要给自己买够一年
的化妆品，毕竟感恩节是美国全年折扣最低的购物季。

　　曼哈顿热闹非凡的感恩节始于 1924 年梅西百货感恩
节大游行，这是全美感恩节最大规模的庆祝活动。而我的
感恩节在一个同学聚会、一顿火鸡大餐、一天疯狂购物中
结束。

布鲁克林大桥

有人说："从布鲁克林大桥进入纽约有种电影般的仪式感。"因为《纽约黑帮》《闻香识女人》《美国往事》等很多好莱坞经典影片中都有布鲁克林大桥（Brooklyn Bridge）的身影。而我最喜欢的美剧 *Friends* 中也无数次出现过布鲁克林大桥的身影。

著名的布鲁克林大桥修建于 19 世纪末，横跨在纽约东河之上，是连接曼哈顿与布鲁克林的一座钢质悬索大桥，外观富丽典雅，高塔和铁索都是画家们竞相描绘的对象，自从建成后一直是纽约的标志性建筑之一。

19 世纪中叶，纽约是当时世界上成长最快的城市，有人计划搭建有史以来最长的桥，来连接曼哈顿与布鲁克林。最初提议建造纽约布鲁克林大桥的，是一位德国移民建筑师约翰·罗布林，他为建造大桥呼吁了 15 年，克服了种种困难，终于说服了银行家们投资该项目。

建于 1883 年的布鲁克林大桥全长 1834 米，桥身由上万根钢索吊离水面 41 米，是当年世界上最长的悬索桥，也是世界上首次以钢材建造的大桥，落成时被认为是继世

布鲁克林桥

界古代七大奇迹之后的第八大奇迹，被誉为工业革命时代全世界七个划时代的建筑工程奇迹之一。大桥设计者罗布林一家两代三口人的传奇励志故事，更是给大桥增添了华美的光彩。

1869年7月6日，约翰·罗布林站在渡船码头上测绘将建大桥的位置时，专心工作的他没有听到身边人的惊叫，一艘靠岸的渡船压扁了他的脚趾。固执的约翰拒绝看医生，16天以后因患破伤风而去世。就这样，壮志未酬的老罗布林并没有等到大桥开工的那一天。当时，约翰唯一的儿子，华盛顿·罗布林和他新婚的妻子艾米丽正在欧洲学习桥梁深水打桩的"沉箱"技术。华盛顿·罗布林赶回纽约，从小就给父亲做帮手的他对父亲的工作非常熟悉，因此他接替了父亲的岗位成为大桥的总工程师。32岁的华盛顿·罗布林对他父亲的设计做了一些重要的改进，加进更多的桥梁稳固技术，并亲手设计了两个桥桩深水作业的"沉箱"。

1870年1月3日，大桥正式开始动工。开工后不久，其中的一个沉箱在深水中着火，正在沉箱中工作的华盛顿·罗布林带领工人最终把火扑灭。但因为沉箱上升过快，华盛顿·罗布林得了严重的"潜水员病"，导致全身瘫痪。瘫痪了的华盛顿·罗布林每天坐在家里的床上，用一个望远镜看着大桥的进展。每天晚上，他口述各项指令，由他的妻子艾米丽记录下来，第二天艾米丽把指令送到工地交给施工工程师，风雨无阻。收工后，艾米丽再把当天的工程进展细节汇报华盛顿·罗布林。随着工程进展，指令和反馈变得越来越复杂、高深。艾米丽不得不自学高等数学、力学、桥梁学才能将丈夫的指令交给施工工程师。直至1883年的5月24日，建造了14年的布鲁克林大桥终于完工了，而华盛顿·罗布林没有出席完工庆祝仪式，艾米丽手里抱着一个大公鸡（象征着胜利）第一个走过大桥。

在这个感人的故事中，罗布林一家两代三口人的坚定理想和顽强意志成就了他们的辉煌，也正是因为这段令人感慨万分的建桥过程，使得布鲁克林大桥的身上充满着勇气、忠诚、爱和永不放弃的象征意义，更加让人们觉得这座大桥光辉无比。

在这座大桥庆祝百年华诞的时候，美国曾发行1枚20美分面值的邮票来纪念，展现了大桥的雄姿和风采。美国近代诗人哈特·克雷恩还专门为它写过一首长诗，诗名就叫《桥》。有意思的是，后来纽约其实还有两座与布鲁克林大桥齐名的桥，分别为曼哈顿大桥（Manhattan Bridge）和威廉斯堡大桥（Williamsburg Bridge），而这三座桥的缩写刚好拼成BMW。

日落的时候，从布鲁克林沿着木道步行，可以观赏曼哈顿高层的建筑及美丽的街景，这里可以说是纽约观景的一大亮点。桥下汽车声，桥上自行车声，喧嚣的人声，远处大楼上反射的玻璃，都在空中汇聚。每当我漫步在布鲁克林大桥时，从桥上看近处的移民博物馆，远处的自由女神像，以及高楼林立的曼哈顿，对于自己身处纽约，站在布鲁克林大桥上看着纽约的春夏秋冬，日出日落，每次都有很多感触。

布鲁克林大桥最迷人的地方还是那千百条纵横交错的钢丝悬索，从不同的角度看，折射出不同的造型，给人无限的空间美感。在我看来，这被提过无数次的传奇的大桥，激发无数人灵感的大桥，冰冷的材质上承载了人间的百转千回，让人无限度地迷失在纽约灯火辉煌中。

我在美国工作时，我所工作的律师楼离布鲁克林大桥只有一站地，这里是我在纽约时来过次数相对较多的一个地方，加之我对这座桥的正史和野史都有一些了解，还看过一些关于这座桥的电影，所以我每次站在桥上时，都能感受到这座美国最古老大桥的魅力，她给人带来的不只是眼前的风景，还有一种逆境中拼搏的精神。

徘徊在时代广场

纽约时报广场 (Times Square) 应为时报广场，常错译为"时代广场"，由于中国人习惯了时代广场的叫法，所以在中国很多城市都有时代广场这个地方，其原型应该是模仿纽约的时代广场的叫法而来。时报广场得名于《纽约时报》早期在此设立的总部大楼。如果您来纽约旅行，千万别想着纽约时代广场跟天安门广场一样，有很大一片空地，纽约时代广场就是一个十字路口，又称为"世界的十字路口"。

纽约时报广场原名"朗埃克广场"(Longacre Square)，是美国纽约曼哈顿的一块街区，中心位于西 42 街与百老汇大道交会处，东西向分别至第六大道与第九大道、南北向分别至西 39 街与西 52 街，构成曼哈顿中城商业区的西部。这是纽约剧院最密集的区域，大约 100 年前时报广场开始了五光十色的年代，以时代广场大厦为中心，附近聚集了 40 多家商场和剧院，是繁盛的娱乐及购物中心。

最早，这里是马商、铁匠的集散地，鸡鸣狗盗之辈横

行。1883年大都会歌剧院迁移至百老汇与40街口，带动了剧院与餐厅的蓬勃发展。20世纪初，在歌舞剧盛行的带动下，百老汇一片彩虹荣景，然后于1929年证券市场崩溃后跌入低迷的深渊，直至上个世纪80年代，百老汇的风华才逐渐恢复。

上个世纪80年代末，这里曾是纽约著名的红灯区，看过《北京人在纽约》这个电视剧的朋友，可能还记得王启明曾经问过一个来纽约比他早的中国人是否去42街逍遥过。那时的中国才刚刚改革开放，才开始自由恋爱；那时来纽约的中国人，没见过超市，更没想过穿得很少的摩登女郎会主动跟你搭讪；那时的纽约，在中国人的心中自

由得美得跟天堂一样。

但上个世纪末，纽约的新任州长认为，42街红灯区的存在，给纽约这个国际大都市的整体形象抹了黑，所以在他上任后，第一件事就是取缔了这个不合法但合理存在了很多年的红灯区。现在的42街，晚上你再也找不到上个世纪生意红火的站街女郎了，这个地方作为弗洛德街剧院的中心聚集了很多剧院、宾馆、餐厅，著名的百老汇就坐落在这里，这块三角地区又以新的面貌再度成为纽约娱乐事业的聚光焦点。

让时代广场国际驰名的主要理由是每年12月31日新年夜的新年倒数。1904年，纽约时报选在新年夜当天迁入该广场的新大楼，并在午夜施放烟火庆祝，从此这变成了新年夜的传统活动。自1907年的12月31日新年夜，这里每年都会聚集几百万人，在One Times Square Plaza的顶楼悬挂一颗200磅的彩球，在新年来临的那一刹那，彩球打开飘散出无数的彩带庆贺。

去年我本打算亲自去现场参加的，但由于准备不充分，临时放弃了，因为朋友告诉我，去那里的人会在那里等七八个小时以上。但由于人太多，新年夜周围的商场宾馆全部都会歇业，很多人没地方上厕所，有经验的人都是穿着纸尿裤去那里迎接新年，一想到在寒风中等待七八个小时，还要穿成人纸尿裤，我担心自己尿不出来，万一被尿憋死就不值得了，便不去凑这热闹了。在纽约这几年，我曾在平安夜去洛克菲勒中心看过那颗美国最大的圣诞树，参加过万圣节、感恩节大游行，巧遇过同性恋游行，但新年夜在时代广场的倒计时，却是我在纽约唯一没有体验过的百万人的大聚会了。

时代广场周围大量耀眼的霓虹光管广告、电视式的宣传版，已经深入人心成为纽约的标志。走近时代广场，四周全是色彩绚烂的霓虹灯和街头艺人，随时播放着新闻、歌曲 MV 或电视节目的大屏幕 24 小滚动播放，足以震撼每个人的眼球。时代广场也是纽约市内唯一在规划法令内、要求业主必须悬挂亮眼宣传版的地区。

朋友们来纽约，我最喜欢带他们去 Times Square 中心的大牌子下面的那个餐厅去吃饭，虽然由于游客太多，餐厅环境和服务并不是太好，但在那里吃饭，如果你很幸运坐到了靠窗的位置，你就可以边吃饭边欣赏 Times Square 街道上的繁华与热闹，更能清楚地看到，旁边漂亮的广告牌一直不停地在你身旁滚动播放，你会觉得 Times Square 没有黑夜，一直是黄昏，灯红酒绿，花花世界。

　　我去时代广场的次数实在太多，带朋友去那里吃饭的次数也不算少，很多时候我已经感觉不到纽约的激情了，但朋友们来纽约后到了 Times Square，个个都像是打了鸡血一样兴奋。其实不只是外国人来到纽约会觉得这里是一个充满激情和诱惑的城市，在我看到过的很多美剧以及认识的一些美国朋友口中得知，很多美国人梦想要去的地方也是纽约，其实无论谁到了纽约这个城市，都会被这个国际大都市的激情所感染，为这个城市的激情而兴奋。

迷失在曼哈顿

　　曼哈顿岛呈南北长、东西窄的细长条，横向从休斯敦街以北是用数字标记的街 (Street)，从南到北数字递增，纵向从东到西是以数字递增的大道 (Avenue)。其中第五大道（Fifth Avenue）在曼哈顿的中间，将曼哈顿分为东区和西区。曼哈顿分为上城 (uptown)、中城 (midtown) 和下城 (downtown)。上城指曼哈顿北部（第59街以北），下城指曼哈顿南部及华尔街一带。第23街和59街中间的部分称为中城。下城是以第五大道为标志的繁华都市，上城除了哥伦比亚大学可以参观，其余则是不安与活力共存的黑人兄弟聚集地。

　　曼哈顿，或许从一开始就想到了自己作为将来世界最繁华之地的存在，这里每一个街区似乎都那么相似，可是身在其中时，每转一个弯就是不一样的景象，每过一个街区就是不一样的风格。比如说，夜晚人流如织的第五大道和中央车站之间的街道就是寂静的黑暗；比如说，走在琐碎杂乱的唐人街里一不小心就会拐到浪漫的意大利人聚集区；比如说，走在晚上安静的高级写字楼之间忽然间就拐到彻夜不眠的时报广场。在曼哈顿的高楼大厦，这个城市暗暗蕴藏了许多可爱的角落，让各种各样的风格都在纽约共存，各不打扰。

中央公园也是曼哈顿最著名的非地标性景点之一。因为公园没有围栏，没有大门，没有标语，就这样南起59街北至110街，南北距离4023米，东西两侧被著名的第五大道和中央公园西大道所围合（约805米）面积达340万平方米，是纽约这座繁华都市中一片静谧休闲之地，被称为纽约的后花园。

第五大道，是曼哈顿的中央大道，既有令人着迷的几十座博物馆，也有出售珠宝、裘皮、服装和化妆品的商店，高档次、高品位的商品，吸引了世界上众多的巨贾富商常来光顾。两边的高大橱窗内灯光闪烁，有时橱窗内的模特是真人，时装模特们摆着各种引人注目的姿势，向人们展示最时髦的、最昂贵的服装，仅仅是走马观花地看一看也是大饱眼福了。

一般情况下，逛第五大道从59街开始，沿第五大道第59街一直往南走，你会看到这里是古老与现代的完美融合，沿街基本上都是有着百年历史的老建筑，但是在历史沧桑的屋顶下，一个个别具特色的店面却不时透露出现代时尚的气息。虽然国际品牌林立，但是这里不乏国际品牌与本土平民品牌和睦相处，Uniqlo、H&M跻身于

曼哈顿的公园   圣帕特里克教堂

Dior、Louis Vuitton、Chanel、Prada 中也是那么气定
神闲。踏足在这条神奇的道路上，浓厚的文化气氛和代表
全世界最现代的时装都会让你停留许久。

　　紧临中央公园和第五大道的圣帕特里克教堂是纽约最
大的天主教教堂，这里是当年梵蒂冈大主教到美国讲经布
道的地方。圣帕特里克教堂是一座古朴典雅的哥特式建筑，
在充满时尚带着奢华气质的第五大道旁，这座教堂显得格
外引人注目。如果你在喧闹的第五大道逛累了，转身进入
教堂，这里的安静和神圣让你感觉进入了另一个世界，这
里似乎是天堂，而繁华的第五大道是人间。

　　从教堂出来，站在第五大道上背靠中央公园，面朝两

旁高楼林立狭长的第五大道，在那里拍纽约的日落，也是代表纽约的一张经典之作。当圆圆的落日夹在第五大道的高楼大厦之间，待落日慢慢消失在高楼大厦中，两旁的华灯初上，又会为这城市点亮了这里的夜晚。

沿第五大道继续往南走，可以看到洛克菲勒中心大厦。每年圣诞节前的洛克菲勒中心，空气中弥漫了节日和快乐的味道，巨大的圣诞树和热闹的溜冰场，是我对洛克菲勒中心最美好的记忆。圣诞树点灯仪式时，很多纽约市民都会齐聚在洛克菲勒中心前面，参与全美最大的圣诞树点灯仪式这个热闹非凡的狂欢。洛克菲勒中心圣诞树的点灯仪式和时代广场大苹果掉下来迎接新年的仪式一样，早已经变成纽约市不变的传统之一。

洛克菲勒中心 70 层的峭石之巅（Top of the Rock）观景台，应该是鸟瞰纽约上中下城全景最好的地方之一，不仅帝国大厦的英姿清晰可见，北边上城偌大的中央公园也尽收眼底。这里的游人要比帝国大厦少一些，观景台地面装有供暖设备，冬天可融化冰雪，防止游客滑倒，观景台上也有供游客使用的望远镜，以及休息的椅子，天气好的时候，可以坐在椅子上晒着太阳欣赏眼前美景。到了夜晚，这里的景色依旧迷人，在这里可以从高空俯瞰整个华灯初上的纽约市，以及帝国大厦璀璨的灯光。

沿第五大道往南走到 42 街的交汇处，从热闹的商业

洛克菲勒中心

区跨进纽约公共图书馆，让你感觉好像从物欲横流的世界一步跨越到安静的文化艺术殿堂。纽约公共图书馆是美国最大的公共图书馆，有着百年历史的公共图书馆，位于曼哈顿繁华的闹市区，离购物天堂第五大道仅一个街区。图书馆周围高楼耸立，车水马龙，人潮涌动。这里免费对公众开放，藏书众多，读者可以在此尽享读书的快乐，而来自世界各地的游客也把这里当作旅游参观的圣地。

公共图书馆是一座具有新古典主义风格的宫殿式建筑，整个图书馆建筑由乳白大理石构成，镶有古铜色的合金门窗和房顶装饰，华美典雅，令人赞叹不已。进入图书馆宏伟的大厅，高高的圆拱天花板悬挂着古朴华丽的吊灯，吊灯顶部豪华雅致。厅里高高的烛台散发着温暖柔和的光，站在大厅里，你很难把这里与图书馆联系起来，这里更像是一座艺术殿堂。或许正如作家、诗人博尔赫斯所说："天堂，应该是图书馆的模样"。

沿着台阶走上二楼，长长的走廊是一个个阅览室，人们在安静专注地读书，仿佛与世隔绝，这里与外面的喧嚣是完全不同的世界。阅览室内优雅温馨，充满人文气息的氛围，让你很自然地屏声静气，不敢喧哗。

我刚来纽约时，学校上课的地方就在图书馆旁边，每天上完课，我先在图书馆后面的公园里吃午饭，然后再拿着课本来这里看书，自己曾无数次安静地坐在偌大的图书馆里沉浸在那段苦读英文的日子里。那时来这里参观的中国人并不多，几年后，慢慢有大批的中国人挂着相机来这里不停地拍照。而我在纽约埋头苦读的日子，却是从这里开始的。

图书馆三楼大厅富丽堂皇，就如置身于博物馆，高耸的拱门，门楣框都有繁复的刻花装饰，令人感到就像进入了一座宫殿，奢侈豪华，这种奢华可与第五大道上的任何一家世界级名品店的装饰相较。墙上四角有精美壁画装饰，绘出记载文字印刷的历史故事，天花板的油画可谓是艺术杰作。

我以为，纽约公共图书馆不论外观还是内饰，毫无疑问这是一座与纽约这个世界顶级大都会相匹配的公共图书馆，这里不但是纽约文化的一个缩影，也是美国人民把知识尊崇为取得胜利的代表，这里会让你强烈地感受到浓烈的历史痕迹与浑厚的文化底蕴，这里藏着浩瀚的知识，无数的历史，被称之为"美好的精神殿堂"。

从图书馆出来，走路约五分钟，就可以到达美国最繁忙的火车站——纽约中央火车站（Grand Central Terminal）。纽约中央火车站是世界上最大、美国最繁忙的火车站，拥有44个站台，有两层铁路在地下，地下一层有41条铁轨，地下二层有26条铁轨，主要提供纽约上州与康乃迪克州和曼哈顿之间的铁路交通，同时它还

纽约公共图书馆后面的公园

是纽约铁路与地铁的交通中枢。

中央火车站的大厅是纽约市最大的室内公共空间，面积超过 3000 平方米，挑高则有 38 米。优雅的墨绿色的穹顶、华丽的大理石廊柱、精美的雕塑、精致的水晶灯以及造价不菲的四面钟无不给人美的享受。候车大厅里的主楼梯按照法国巴黎歌剧院的风格而建，大厅的拱顶由法国艺术家黑鲁（Paul Helleu）根据中世纪的一份手稿绘制出黄道 12 宫图，巨大的穹顶上共有 2500 多颗星星，星星的位置由灯光标出，通上电源后便满目生辉。

纽约中央火车站除了建筑的艺术之美，还有一些鲜为人知的秘密，中央车站有一个浪漫的"吻室"（The

纽约中央火车站

Kissing Room）。20世纪三四十年代，在铁路运输的黄金时期，这个吻室非常有名。那时，从西海岸到东海岸的火车非常之少，那些远道而来的乘客们，包括一些政要和各行各业的名人们，下了火车之后，就是在这个吻室里，与迎接他们的至爱亲朋们拥抱或接吻。

除了吻室，在中央火车站大厅地下有个曾经在二次世界大战期间被德军视为目标的秘密房间，在这个房间中有一个红色的紧急按钮可以让所有的交通停止运行。而就在这个秘密房间北边一点的地方，也就是Waldorf-Astoria的旅馆正下方，据说有一条专为罗斯福总统开设的专属密道，他当年使用这个轨道火车还有月台，以及一台专属电梯，目的就是为了避免让公众看到他瘫痪的身体。

现在这些特殊功能的房间，已经对游客关闭了，我们无法看到，但那些传说，却为这栋百年的建筑披上了一层神秘的面纱，这种神秘也让中央车站充满了神奇之美。

我在华尔街上班的那段时间，每天从皇后区坐7号线地铁，在中央火车站换乘地铁6号线去上班，每天夹杂在来自世界各地的人群中来来往往，这里有我对纽约生活最深刻的体验。

从中央火车站出来，沿第五大道往南继续走大概10分钟，就可以到达34街的帝国大厦（Empire State Building）。帝国大厦共102层，屋顶高度381米，顶

尖高度 443.7 米，时至今日仍是纽约第三高楼。帝国大厦
的原名来自纽约州的别称"Empire State"，英文原意
其实就是"纽约州大厦"，但中文翻译却是"帝国大厦"
这个略带王者之气的译法。

　　每年约有 400 万人来到帝国大厦参观游览。我最喜
欢挑选傍晚时去俯瞰这座城市，站在 86 层的观光平台向
外眺望，夕阳的余晖与华灯初上的城市融合在一起是这座
城最美的时刻。看过纽约曼哈顿的夜景，才真能理解大都
市这个词，一望无际的灯火，你会感叹人类对这个世界强
大的改造能力。

　　站在帝国大厦夜色中，看着曼哈顿的夜景就躺在脚下，
亮晶晶的玻璃幕墙，城市的霓虹灯，密密麻麻的摩天大楼，
还有像蚂蚁一样在马路上奔驰的轿车，就像是上帝撒了一
把星光，散落在一个岛屿上，宽敞的街道像是交织的缝隙，
看不见路上的行人。

　　无论是怪兽电影《金刚》里作为怪兽大猩猩的"猩
爬架"，还是在经典爱情片《金玉盟》里女主角遭遇车祸
的雨夜，又或是《西雅图夜未眠》中汤姆汉克斯与梅格莱
恩相约的大厦顶端，又或是《当北京遇上西雅图》男主角
Frank 与女主角文佳佳离别相会的地方，帝国大厦已深入
人心，早已成为纽约观赏夜景最好的地方。

　　我站在帝国大厦的顶端，微风拂过脸颊，思绪万千，

相信十年后，曼哈顿的灯火辉煌中总有一盏灯为我而亮，曼哈顿的纸醉金迷和奢侈繁华承载过我的梦想，但这里终究没有那最质朴的亲情和温暖。

　　曼哈顿太忙了，每分每秒都有各种故事在上演。从奢华无比的私人高级会所到街头流浪的乞丐，曼哈顿从来都是人来人往，来到纽约就是纽约客，纽约客就是纽约人。这城市从不拒绝你，也不会恩赐于你，八仙过海各凭本事。不能说这个城市嫌贫爱富，可是在纽约每一个流浪汉，都有可能是昨天或明天的投机商人、艺术家。纽约的人们活在自己的世界里，通过各种方式让自己的生活更好，周遭所有的环境都是一种衬托。曼哈顿有着令人着迷的魅力，这里总有一种魔力，把你吸进去。这里有超强的包容力，能让追求不同梦想的人都在这里追寻着自己的梦想。若论钢筋水泥森林给人感官的震撼程度，没有一个城市能与曼哈顿相比，日落前的繁忙与日落后的繁华，都会让你迷失在曼哈顿的高楼大厦中。

游走在洛杉矶

洛杉矶的第一天，我站在阳台上就能隐约看见太平洋，闻到海腥味。这种天气我和朋友决定改变行程，不去海边了，去超市买些这几天吃的食品。我们先去了一家美国人的超市，朋友有多年在国外生活的经验，给我介绍了许多食物的吃法，还有哪些可能是我们能吃得习惯的美国食品。然后我们去了洛杉矶的中国超市，中国有的东西这里基本都能找得到。美国的每个大城市都会有华人聚集的地方，所以在这里，很多中国人还保有在中国的传统生活。

这不禁又让我想起了《北京人在纽约》中的一段话，郭艳的姨妈年轻时来了纽约，在纽约度过了半生，但老了过得很孤独，郭艳就问姨妈为什么不回中国，至少中国还有那么多娘家人，艳子的姨妈就告诉她说：我这辈子是变不成美国人了，但也永远做不回中国人了。

我常常能想起这句话，因为我在这里看到许多中国人过的就是这样的生活。他们一样辛苦地活在美国，在这里待了大半生还是没有找到自己最初的梦想，但他们也不愿意回中国。其实，多数移民基本最后都成了"变不成美国人了，但也永远做不回中国人了"。

像我这个年龄出国的中国人，这辈子也别想融入美国社会，根本不可能从思想上完全接受美国的文化和思维方式。其实美国不是天堂，中国也不是地狱。中国有的社会问题美国同样存在，中国有的不公平，有些时候在美国这个人情冷漠、思维单一的国度里，更显得赤裸裸和血淋淋。

从华人超市出来，朋友说路过她们公司，就带我到了美国丰田公司的总部去参观了一下。在这里上班的有近千人，有丰田汽车公司、丰田销售公司和丰田金融公司等，占地上百亩，还有针对经理级员工的汽车服务中心，其规模和配套设施都是我从未见过的，这就是国际化的大公司。不过，这里只是丰田在美国的一个分公司的总部，丰田在全世界其他很多地方都有这样规模的分公司。而日本不仅有像丰田这样的汽车公司，还有本田、尼桑、索尼等公司可以与之相提并论。看到丰田公司的规模，从心底里不由地对日本这个岛国有些佩服。

天色渐晚，我们开车准备去看洛杉矶的圣诞节的夜景街，我在纽约还没有见过这样美的圣诞节夜景。在这里，我体验到美国人说的那句话：纽约的生活根本就不代表美国人的生活。

洛杉矶的圣诞节夜景，不仅我们这些外国人在参观，还有许多美国人也带着孩子们一路参观，这几条街每家房

洛杉矶圣诞节夜景

屋和门前的树都是自己布置的，从房子的外观到门口的树全都挂满了中国制造的彩灯，而且每家都是以与耶稣有关的不同文化主题为背景的故事场景，逛了几条街，我没有看到任何一个重复的故事和场景。洛杉矶的新年之夜，

让我真正地感觉到什么是国外的圣诞节，什么是异国风情。此后至今，我再也没有见过如此大规模和如此漂亮的圣诞节夜景了。

洛杉矶圣诞夜

星光璀璨的好莱坞

电影业是洛杉矶另一个闻名全球的重要产业，主要集中在市区内的好莱坞地区。电影业在洛杉矶能够扎根发展，与洛杉矶的气候及地理环境有着极大的关系。由于全年少雨又基本上不会降雪，阳光普照的时间长，加上洛杉矶附近地理变化多，有山有海，取外景非常容易，因此渐渐成为电影业的中心。

好莱坞的闻名不仅在于其近百年的漫长电影制作历程，也不仅在于其作为美国和西方电影艺术之都的重要地位，在某种意义上还在于它融会贯通东西方文化的运行轨迹和在电影制作过程中博采多家之长的潜质与能力。从这个意义上说，虽然好莱坞的电影影响了世界，但世界特别是东方的文化又给好莱坞增添了新的活力与动力，从好

好莱坞

莱坞的发展历程可以窥见东西方文化的相互交汇、影响与助推。

到过好莱坞的人都知道，位于好莱坞大道上的中国剧院是这个影城最著名的景点之一，也是全美国最著名的影院，每年还有数以百万计的观众和游客来这里观摩演出或参观。

中国剧院于 1926 年 1 月 5 日动工。建造者格劳曼在好莱坞等地投资和经营多家剧场，但他一直觉得这些剧院并不太理想，格劳曼要在好莱坞建造一个与其财力和名气相匹配的、一流的具有东方建筑风格的剧场，那就是他想象中的中国剧院。中国剧院以其中国式建筑的外观而得名，青铜色屋顶高入云霄，戏院内部也以中国艺术概念所设计。

在中国剧院前方院子的水泥地上，最早在这里留下自己脚印的演员是诺玛·塔尔马奇，她在脚印下方写下了对别人祝福的话语："我的愿望是希望你们成功。"

　　好莱坞中国剧院的左侧就是有名的柯达影院和好莱坞名人走廊，也是目前每年举行奥斯卡颁奖活动的中心地带和最为热闹的场所。在好莱坞和美国演艺界，将自己的名字刻在星光大道的名人走廊上是众多演员终生的目标。但争取成功绝不是一件容易之事，首先是导演或演员本身的艺术成就要达到相当的高度和水准，其次要由其本人所在的艺术团体或演出公司向好莱坞商会提出申请，并交纳一定的申请费。在星光大道上我们轻易找到了硬派明星施瓦辛格、中国香港武打明星李小龙和成龙的名字。

　　柯达剧院所在位置是好莱坞高地中心。走出剧院外，散布于这娱乐中心四周的是七十余家餐饮与精品商店，结合人行步道的各种电影主题雕塑与卡通、动物造型，形成了一座绝对美轮美奂的休闲中心。从高地中心的露台望出去，远处的好莱坞山上著名的"Hollywood"白色大字清晰可见。

　　比弗利山庄（Beverly Hills）是举世闻名的全球富豪心目中的梦幻之地，有"全世界最尊贵住宅区"称号，是洛杉矶市内最有名的城中城，每年吸引无数来自世界各地的观光客，好奇地在大街小巷探索。

　　比弗利山庄四周被洛杉矶城市围绕着，东北边与西好

莱坞经达西尼大道相接，西好莱坞知名的日落街道也包含
比弗利山的日落大道。世界各地的巨星们纷纷在此购置房
产，包括好莱坞电影明星、乐坛明星、NBA 篮球明星，
同时还有来自华人世界的著名艺术家，和来自世界各地的
财阀。巨星与富豪们聚集到比弗利山庄，炫耀他们的财富
和地位，扩大他们的知名度，更多的财富因此源源不断地
滚入他们的钱包，形成了一个盘旋上升的财富螺旋，将这
里的主人们越卷越高，让他们光芒四射更加耀眼。那些生
活在万众瞩目之下的人们，他们的生活方式引领着全球时
尚的潮流，他们站在奢华的顶峰向人们展示着一个个五光
十色的梦想。

半岛的酒吧

半岛的酒吧，让我知道美国人是怎么享受生活的。朋
友在半岛上请我吃了法国大餐，这是本人第一次吃法国餐，
开始觉得还不错，后来就有些吃不下了，因为大家都吃完
了，如果我剩了怕请客的人会觉得饭不好。但吃到最后一
口时，我的感觉就是辜负了我心中多年来想象的法式大餐，
估计以后永远不会再期待吃法式大餐了。

吃完饭，我们就在半岛上逛了逛，加州的气候很好，
美国人很经冻，我需要穿外套，但他们是无袖 T 恤、打

赤脚人字拖。那天有美国人比较喜欢的美式足球比赛，所以酒吧里基本都是爆满。美国文化，喝啤酒，看球赛，酒吧里的大屏幕电视能让你在任何一个位置任何一个角落里正面看到比赛，每张靠墙的桌子墙上都会有一台小屏幕电视，你想想就算你埋头吃饭，旁边也能看到电视上的比赛。

美国人喝着酒看着比赛，时不时还能看到个性感女郎，说不定看完比赛后还可以领回家。酒吧是美国人最重要的社交场所，酒吧文化也是美国人生活方式的一种具有代表性的文化。

你知道狗有餐厅吗？半岛的狗餐厅可是让我大开眼界。狗的餐厅是狗的主人先打电话，狗餐厅会按主人要求给狗做一份吃的，主人按预约时间去狗餐厅，你可以看到每条狗有一个餐桌占用一个位子，许多狗主人拉着绳子坐在旁边聊养狗的乐趣。我看见很多狗染了红指甲，在狗商店里还看见到了狗的防晒霜，琢磨半天，看了几条狗，我

狗商店里的模特

狗服装

不知道这东西该用在狗的哪个部位。狗还有时装，有一个狗模特身上穿的是一件时尚的中国风衣服，这件衣服居然46美元。琳琅满目的狗用品，很多我还不知道是干什么的。半岛的酒吧和狗吧，真是让我大开眼界，也让我知道在加州，有一些美国人是这样生活的。

Getty Museum

Getty Museum(盖蒂中心)位于洛杉矶西北近郊的圣塔莫尼卡山脚，占地750亩、建筑群多达九群。鸟瞰洛杉矶全景的Getty Museum是由世界一流建筑师理查德·迈耶（Richard Meier）设计的，它包括一座非常现代化的美术博物馆，一个艺术研究中心和一所漂亮的花园。

Getty Museum是世界上最豪华的博物馆之一，Getty家族在美国是做石油的，这个博物馆是Getty捐的，Getty也是世界最富有的人之一。去参观这个博物馆给我的震撼太多了，首先其规模让我难以想象，我们进大门排队大概一个小时才进去。进去后仅仅停车场就上下七层，所有参观者把车停在一进大门的停车场，然后坐专用小火车上山。博物馆的主要建筑都在山上，在山上能看到洛杉矶的全景及太平洋，博物馆的主要建筑分五部分，我们半天的时间只看了两个部分，另外三个部分的主楼都没来得及进，可以想象一下这个博物馆有多大。

博物馆里展示的藏品更是让我大开眼界，馆藏世界著名绘画大师梵高、安格尔、拉维尔德素描，与14世纪早期至19世末期法国、荷兰、意大利等油画大师的真迹，中世纪拜占庭时期的144件书卷手稿，路易十四到拿破仑时代的服装艺术收藏，文艺复兴时期至19世纪末期的雕刻、玻璃器皿。盖蒂中心不仅仅以其丰富的馆藏闻名，更值得一提的是其独特的建筑风格，为全球建筑设计师膜拜。整座博物馆园依山而建，以纯白为主要色调，对光影结构有着自己独特的诠释。

看了两个厅天就黑了，我们出来后还顺便看到了洛杉矶的夜景，一边是太平洋的夕阳西下，一边是洛杉矶downtown灯光闪闪，微风拂面，心情比较复杂——一个让我震撼了一天的私人博物馆。

在洛杉矶的最后一天，太平洋的海边，海鸥在我身边飞来飞去，一些人拿着海竿在钓鱼，我吹着海风，看见老美在骑水上摩托，看见了中学课文中的鸬鹚。眺望远方，知道太平洋的那一头穿过一个小小的日本就是中国的沿海，看着看着，似乎觉得太平洋的那一头很近，太平洋似乎已被我看穿，我感觉自己好像看到了中国，看到了我所思念的一切。

如果，我来美国的第一站是拉斯维加斯麦卡伦国际机场，估计我一定会迷路。麦卡伦机场有点像迷宫，机场到处都是老虎机，时不时看到有来自世界各地的游客坐在那里玩几把，让人感觉赌博无处不在。我一边兜着圈子找出口，一边参观着麦卡伦机场。

拉斯维加斯是美国人最喜欢的旅游地之一，这里也是一个不折不扣的不夜赌城。因拉斯维加斯赌博业蓬勃发展的关系，带动起了当地娱乐事业的发展，各国著名的歌舞团体及世界知名影星和歌星都以能登上拉斯维加斯的华丽大舞台而感到自豪，也因此吸引了众多游客进场欣赏其演出。

为了吸引游客，这里的社会治安搞得非常好，对中了头奖的人，如果需要，由两名警察将其全程护送到美国任何地方的家中。拉斯维加斯各个赌场的设计以金碧辉煌、奇形怪状的建筑物来吸引游客。所有赌场24小时营业，置身其中仿佛进入了一座光怪陆离的迷宫，成千上万台老虎机纵横交错地摆满了整个大厅和每个角落，无论你走到

拉斯维加斯夜景

哪里都可以听到机器沉闷的旋转声和金钱叮叮咣咣的散落声。赌场内由小赌怡情到一掷千金的什么样的豪赌都有，赌博玩法也是五花八门应有尽有。

我参观了酒店各式各样的赌博，觉得很有意思，看得人眼花缭乱、蠢蠢欲动。此时，我才发现我的意志是这么的不坚定，还没参观这个城市每晚的上百场表演秀，就被这花花世界给迷醉了，有一刻感觉后面的几天行程很没意思，最想去的黄石公园也抵不过这灯红酒绿的不夜城。

机场的班机通往世界各地，任何私人飞机都很容易在

拉斯维加斯老城夜景

拉斯维加斯降落。在赌场中，只要付款，招手就有人给你
送饭，从普通热狗到豪华大餐应有尽有。

拉斯维加斯是美国西部沙漠里的人造传奇。到处是大
型度假旅馆、巨大的水坝、壮观的岩石结构和昏暗充满烟
味的赌场、充满刺激的云霄飞车和安详庄严的结婚礼堂。
有人讨厌这个城市，但也有很多人对这个城市流连忘返。

像我这样意志不坚定、喜欢寻求新鲜刺激新世界的人，
当然属于流连忘返的那一类，同行的北大博士则讨厌这个
城市，好不容易有几个小时的自由时间，我都不知道先玩

拉斯维加斯夜景

哪个好，而她会选择在不能上网的房间里睡觉。

　　拉斯维加斯是一个让人意乱情迷的城市，这里到处充满了诱惑。不是兴奋的要去赌两把，就是兴奋的要去看这里著名的表演秀。老城区到晚上10点所有的街景灯全部关闭，许多店面门口的台子上就会有穿三点式的美女在跳舞，黑的白的胖的瘦的，热舞迪舞钢管舞，让你目不暇接。现在我知道为什么很多人度假会选择拉斯维加斯了，这里是一个吃喝玩乐的人间天堂，这里还是一个有血有肉、活色生香的梦幻般的城市。

　　我住的酒店是拉斯维加斯最高的——高塔酒店，从酒店二楼拿着房卡可以直接上最高层108层，从这里观看拉斯维加斯的夜景是最美的，如果不是住这个酒店的客人则需另花钱买门票。

　　这个酒店没有25层，25层写的是一个字母，25层虽不是什么娱乐场所，但真的会让所有的男士会为之心动。25层是个游泳馆，但这个游泳馆则略有不同，凡是上25的层的客人都不能穿上衣，男士需要花10元门票，而女士则免费，可别认为这里没有女士会去，在这里你可以见到世界上许多不同国家不同年龄的女士。

　　曾有一时，我也有冲动想去那里看看，有一种好奇和兴奋，但觉得一定会有很多人搭讪，毕竟亚洲女性在全世界受欢迎程度高出平均值，像我这种不太会调戏别人的人，

威尼斯人赌场酒店

平常穿着衣服还不知道怎么办呢，不穿衣服更不知道如何
是好了。在拉斯维加斯这个梦幻般的城市，只要你敢去，
相信一定会有故事。

不穿上衣的游泳馆没去，但对那些什么脱衣舞俱乐部、
猛男秀还是相当的好奇和有兴趣的，特别是脱衣舞俱乐部，
这里有全世界身材最棒的男人，所以如果有机会一定要去
拉斯维加斯大开眼界。美国的青年男女在结婚的前一夜多
数会选择在拉斯维加斯这个疯狂的城市度过，看来是有一
定道理的。

拉斯维加斯的酒店大厅设计都像迷宫一样，主要目的
是让赌客进去了就不要轻易出来，出不来就接着玩。这里
所有酒店都不能免费上网，房间里不提供任何能吃能喝的
东西或工具，主要目的就一个，不让你在房间呆，要吃要
喝就下楼，下楼就会看到大厅里有各式各样的赌博，大厅
里的灯光椅子等设计都是为了激发赌客玩的兴趣，酒店考
虑到客人玩时间长了会疲劳，他们会在大厅的冷气中添加
纯氧气，让赌博的人们在那里不论待多长时间总感觉精神
百倍。

说起拉斯维加斯我就兴奋不已，有兴趣好热闹想寻求
新鲜刺激的朋友一定要去拉斯维加斯度假，亲自去感受下
这个疯狂的城市。维尼斯人酒店是世界上最大的酒店，在
酒店内你可以感受到小桥流水荡舟。据说在维尼斯人酒店

每晚换一个房间，一个人想住完这个酒店所有的房间需要22年。百乐宫门前的音乐喷泉，水晶宫里的鸟语花香，梦幻金殿前亲历火山爆发，都让人又紧张又激动。

在拉斯维加斯旅行，随处可以看到各个旅行社举着世界各国的国旗，带着自己的队伍，游客们就像赶场一样，欢呼雀跃，前簇后拥，慢慢地消失在这个城市五彩的霓虹灯中……

拉斯维加斯之谜

　　美国亚利桑那州西北部科罗拉多河中游、科罗拉多高原西南部的大峡谷，是地球上最为壮丽的景色之一，也是世界七大奇景之一，总面积达 1100 多平方公里。在1000 万年前被今日的科罗拉多河侵蚀冲刷而形成今日壮丽景观，吸引了成千上万的游客前去观赏。到过大峡谷的游客，都会由衷地赞叹，大峡谷确是地球上的一大奇迹。它的色彩与结构，特别是那一股气势是任何雕刻家和画家也难以创作的。由深邃的山谷所夹峙，分成南壁与北壁两部分，如果想欣赏大峡谷最美的全景，最好的方法是乘坐一小时 179 美元的飞机俯瞰全景。

　　大峡谷，以其形态奇特、色彩斑斓而著称。大峡谷错综复杂的宽阔深渊，在其两外壁之间包容有许许多多的尖峰、孤山、峡谷和山涧。大峡谷两岸都是红色巨岩断层，岩层嶙峋，堪称鬼斧神工。两岸重峦叠嶂，夹着一条深不见底的巨谷，真是无比的壮丽。此外，这里的土壤虽然大都是褐色，但当它沐浴在阳光中时，却又变幻无穷，会随着太阳光线的强弱变幻成紫色、深蓝色、棕色，这时的大峡谷宛若仙境。

我去的是离拉斯维加斯较近的西大峡谷，这里是印第安人保护区。其实对于印第安人保护区，我很想写一篇非常透彻的文章来介绍一下，但由于我并未真正接触过印第安人的生活，仅是通过半天的旅行接触和从书本上了解到的印第安人的生活，这让我有些不敢下笔。

大峡谷里的印第安人保护区是美国西部偏僻的四州交界区，反正是够贫困的，美国政府把这里称为"国家公园"，其实是对印第安人的一种侮辱。事实上，白人将印第安人的土地掠夺殆尽，留下不毛之地给他们，把他们当作一种展品，让世人看看印第安人落后到只能靠政府救济，这是美国政府长达150年的计划，有计划消灭少数民族的恶毒政策。

美国白人对印第安人不知有多少次围剿和杀戮，才形成今天的局面。我们的车沿着大峡谷行驶，沿途看到的基本上是一片荒漠，干旱的红色土壤和岩石，是这儿的地貌特征，没有水也没有草木，风沙侵蚀而成的各种怪石，好似大自然在这里陈列的展品。高原一望无边，偶尔见到几匹野马和黄牛，听说这就是印第安人的所有家当，他们一无所有，全靠美国政府的救济。美国政府利用印第安人生性嗜酒和居住分散的特点，逐渐让其失去自己求生存的本领，这样印第安人的人口逐渐萎缩，最终达到消灭的目的。

大峡谷及印第安人住所

　　参观印第安人保护区游客的自驾车辆不允许入内，必须乘保护区的大轿车出入。整个参观路线坑坑洼洼，因是晴天，路面浮土盈尺，大车一过，尘土飞扬，车窗上立刻蒙上厚厚一层土，完全遮住了外面的视线，看不见也就算了，我们基本是一路吃着土到的印第安人保护区。如此糟糕的道路，我在美国还是首次遇到。

　　公园丘陵起伏，只有一些稀疏的浅草，没有一棵树，所有景色都是裸露的红色岩石，奇形怪状。我们还参观了

几处原居民的住所，居屋的形状酷似最原始的蒙古包，由四根木柱搭建而成，上面盖些茅草，中间有个火坑，极其简单；室外有些柴草，没有任何农具，也无牛羊圈棚，真是原始到家了，赶不上西安半坡村。

　　据说，印第安人的男人拿到救济金就去买酒，整天醉醺醺的，长年独醉不愿醒；女人养养牛马，做些粗糙的工艺品，吃的就是面包罐头之类的，全是美国政府供应的。一般印第安人没文化，不找工作，政府也不过问印第安人

印第安美女，合
影收费 1 美元

的教育和无业状况，只是任其自生自灭。整个所谓"国家
公园"就是一片半干旱荒漠，无任何基础设施建设，无任
何文化娱乐设施，这里本是原居民的生存之地，土地被国
家收走，生存无任何保障，在美国短暂的历史中，政府对
待印第安人的屠杀和掠夺只能用"一本血泪史"来形容。

从印第安人保护区出来，我们驱车返回拉斯维加斯，
途中参观了胡佛水坝 (Hoover Dam)。胡佛水坝位于亚利
桑那州的西北部，93 号洲际高速公路边，内华达州及亚
利桑那州的西北部交界处，从拉斯维加斯出发向东南方向
行驶约 40 公里处。这样巨大的水坝在世界上是不多见的，
它宛如一条巨龙盘卧在大地上，显得十分威武。因此它在
世界水利工程行列中占有重要的地位。

科罗拉多河在大峡谷的上游和下游均被建造水坝拦

胡佛水坝

截，影响了正常的水流。上游是 Glen 峡谷水坝，形成鲍
威尔湖；下游是胡佛水坝，形成密德湖，主要供水给位于
荒漠中的拉斯维加斯。这些水坝不仅限制了各种鱼和其他
生物的活动，更重要的是它拦截了所有大洪水。大峡谷的
许多地形过去都是由这些大洪水所塑造出来的，如今水流
变慢变少了，许多地形就被改观了，直接影响到大峡谷的
生态环境。比方说，因为缺乏由大洪水所带来的大量泥沙，
大峡谷底部的许多沙滩都在消失当中。

　　我去过的美国第二大人工湖鲍威尔湖和胡佛水坝孕
育了美国的西部大部分城市。特别是胡佛水坝，可以说如

果没有胡佛水坝就没有拉斯维加斯，这里不仅景色优美，而且能灌溉庄稼和利用水力发电，对美国西部发展生产起着不容忽视的作用。胡佛水坝的蓄水池是著名的密德湖(Lake Mead)，密德湖碧波浩渺，一望无际，是西半球最大的人工湖。

　　胡佛水坝这里原本是不毛之地，荒无人烟，建造胡佛水坝的时候，大批工人聚集在这里，最终孕育了新兴的城市拉斯维加斯。水、电、铁路，为一座新城的诞生提供了条件。工人们在沙漠之中，没有任何娱乐，于是有人以赌博解闷。内华达州政府为了吸引人气，居然在1931年把赌博合法化。于是，许多资本家前来投资建设豪华赌场，大批观光客也前来赌博。就这样，一座光怪陆离的赌城在沙漠深处迅速崛起，以至一跃而为美国西部最大的新城。

　　在胡佛水坝附近，还能找到残垣断壁、破败凄冷的小村庄，那里写着"Old Las Vegas"（拉斯维加斯旧城），那就是建造水坝时工人们的宿营地。拉斯维加斯就是从一个沙漠小村发展起来的。胡佛水坝是打开拉斯维加斯之谜的一把钥匙，只有清楚地了解胡佛水坝的历史，才能知道拉斯维加斯这座世界第一赌城的诞生过程。如今，拉斯维加斯成了不夜城，正是胡佛水电站的电力，点亮了拉斯维加斯那流光溢彩、五颜六色的霓虹灯。

大地的彩妆师——布莱斯大峡谷

美国西部，寸草不生，不是戈壁就是岩石，如果你让我形容我在美国西部沿途看到的风光，我感觉仿佛回到了很多年前坐火车回新疆，沿途从甘肃到乌鲁木齐的风光。

美丽的拉斯维加斯就是沙漠里的绿洲，所以它的美丽才会被映衬得这么的与众不同。我忍痛割爱离开了拉斯维加斯后，沿途经过亚尼桑纳州，夜宿犹他州的一个小城市圣乔治，据说这里是美国治安最好的一个西部小镇。

早晨5点起，今天我的行程是鲍威尔湖和布莱斯大峡谷。从圣乔治驱车两个小时到鲍威尔湖，鲍威尔湖位于犹他州和科罗拉多州交界处，也是世界上最大的人工湖之一。我不太喜欢这种人工景点，就算鲍威尔湖再大，水再清，也无法掩盖人工开凿的痕迹。蓝天、白云、岩石，以及峡谷中清澈的湖水，平静的湖面两旁岩石被人工开凿的痕迹可能是这里唯一的特色。

后来，我去过很多湖泊，很多湖都比鲍威尔湖更漂亮，但是鲍威尔湖对美国西部的历史意义很重要，鲍威尔湖的修葺史几乎就是这个地区的近代史，它能够唤起西部人和当地土著对于19世纪欧洲殖民者对这里无情的掠夺的记忆。

从鲍威尔湖往西北进犹他州，大概行车两个多小时，就到布莱斯峡谷国家公园(Bryce Canyon National Park)。其名字虽有峡谷一词，但其并非真正的峡谷，而是沿着庞沙冈特高原东面，由侵蚀而成的巨大自然露天剧场。其独特的地理结构被称为岩柱，由风、河流里的水与冰侵蚀和湖床的沉积岩组成。位于其内的红色、橙色与白色的岩石形成了奇特的自然景观，因此其被誉为天然石俑的殿堂。

传说布莱斯大峡谷国家公园得名于当地的一个叫布莱斯养牛专业户，某年某月的某一天，布莱斯的媳妇沉着一张破碎的脸，她发现家里的牛少了一头，怒骂之下，布莱斯不得不披星戴月地进山找牛，一宿未见牛迹，迷迷糊糊间走进了这片峡谷泥林。天亮时分，他发现自己置身人间仙境，布莱斯已无心找牛，将自己发现的这个峡谷逐级上报，后来得到政府部门的重视。在设置国家公园时，名字不是取自村、镇所在地，因此地是容易损失牛只的险恶地带，又是由养牛专业户布莱斯发现，而是将此公园冠之"布莱斯"大峡谷。

我们开车一路南下到达了布莱斯峡谷最南的一个观景点Bryce Point，下车就被眼前的样子惊呆了。真实的峡

布莱斯大峡谷

谷比照片上要壮阔百倍，配上蓝天白云，瞬间让我感觉到这块土地咄咄逼人的气场。

从 Bryce Point 看布莱斯公园的景色十分壮观。布莱斯国家公园中的岩石层非常漂亮，在阳光的映照下，岩石的表面产生像火一样的颜色。大的碗状俨若"露天剧场"内密布着五颜六色的石俑森林，特别是褐岩红石最引人注目。那些石柱真如人形，像兵马俑一样整整齐齐地排列在峡谷中，井井有条，仿佛有人特意设计过他们的阵型。凡是第一次看到它的人，无不惊呼出声，被眼前的景象深深震撼。

今天我戴了一顶漂亮的红帽子，一路上很多不认识的老外都在称赞我的帽子。当我进入布莱斯峡谷，被这里的自然风貌所吸引时，我和朋友占据了最有利的拍摄地点，想把布莱斯峡谷的全景收入相机。我摆了一个姿势站在那里，朋友还没拍好时，突然有个老外走上前来，很高兴地让我看他的相机，原来他用专业相机给我拍了一张美美的照片。美景加美片，我兴奋极了，告诉他我想要这张照片，他问我要了 Email 地址，在我的旅行还没有结束时，他就把照片发送过来了。多年后，每当我看到那张专业相机拍出的美片，再想想布莱斯峡谷的美景，依然让我激动不已。

园内有很多观景点，最后在 sunset 观景点看落日，

布莱斯大峡谷

余晖映照下，远处红白橙的石俑林立，像是海市蜃楼鳞次栉比，又像是百万雄师整装待命，那种壮丽的景观让人不得不感叹大自然的鬼斧神工！非常壮观，大面积的风化石柱，颜色艳丽，造型奇特。观景的途中，除了拍照的时间，一路上听到各国友人用不同的语言，一遍又一遍发出赞叹的声音，感叹眼前这片不可思议的美景。

　　行走于峡谷间，那石柱群的雄伟气势令人屏息，当我抬头远望时，有的石柱仿佛是直入云霄的宝剑，有的像骆驼，有的像一尊尊秦朝的兵马俑，有些又如金銮殿里低头恭恭敬敬站立的文武百官，有的则像古代神庙，有些像古代盘髻的女子，还有一个离群索居，像戴着皇冠的女皇。印第安人传说这些奇形怪状石俑本来是一个神奇的部落。因为得罪了天神，被天神变成了石俑。在气势磅礴的"剧场"内，这些千奇百态的石俑默默地看着世事的变迁。

布莱斯峡谷是个梦幻的七彩峡谷，峡谷里的石林岩石群，以色彩丰富以及形状多样而闻名，看着深深浅浅的灰色、橙色、棕色、红色点缀着耸立的石柱群，就像是大地的彩妆师。站在山巅，眼下咆哮着、奔腾着千军万马，在阳光下傲立着诉说自然的变迁，他们见证风起云涌，历经沧海桑田，他们是大自然的守护者，也是大自然馈赠给人类奇迹般的礼物！

布莱斯大峡谷，带给我很多视觉的冲击，这里的风景可能是独一无二的，至今我已踏遍祖国的大江南北，全世界也去过二十多个国家，但还没有见过其他地方有这样的自然风貌。那种一步一景的震撼是无法用语言描述的，无论谁站在它面前，一定会留下刻骨铭心的印象，成为终生难忘的记忆。

真正的荒野，从不对人类奴颜婢膝。

这里的动物野性仍在 ....

这里的森林没有被人类驯服 .....

这里的大地更不可能被征服 ....

所以，黄石公园的特质就是"野性之美"！

黄石公园位于美国中西部怀俄明州的西北角，并向西北方向延伸到爱达荷州和蒙大拿州。这片地区原本是印第安人的圣地，但因美国探险家路易斯与克拉克的发掘，而成为世界上最早的国家公园。它在1978年被列为世界自然遗产。

黄石公园以数量繁多的热喷泉、大小间歇喷泉地貌、绚丽多彩的高山、岩石、峡谷、河流，以及种类繁多的野生动物闻名于世。在黄石公园广博的天然森林中有世界上最大的间歇泉集中地带，全球一半以上的间歇泉都在这里。这里的地热奇观是世界上最大的活火山存在的证据，电影《2012》中地球毁灭的场景就是从这里开始。

每年，成千上万的人到黄石公园，或赏黄石的奇特——

老忠实喷泉

占据全世界已发现间歇泉的三分之二；或追黄石的野
性——黄石有上百种野生动物出没；或探黄石的神秘——
徒步路线常因熊或狼出没增加了许多刺激；或享黄石的俊
美——冬日的黄石风光更是别具一格。这里无论春夏秋冬
都是人间仙境；野生动物或许是公路的主人；这里的枯树
漫山遍野，经常发生植被自燃；把野狼当成狗般的调戏、
追赶大角鹿的行踪、在公路上等待麝牛的徐徐前行，还有
远远的熊出没……也许只有在黄石公园才能做到。然而，
这里才是大自然最初的样子，一个联结灾难与仙境的神奇

境域。这里也是美国本土国家公园的缩影，除了自然景观之外，黄石公园是最有可能看到大型野生动物的美国国家公园。

黄石公园我最先去的就是"老忠实"间歇喷泉，著名的"老忠实泉"因很有规律地喷泉而得名，这里也是黄石公园的骄傲，因为全世界其他地方所有的间歇泉加起来，其总数还不及一个黄石公园多，无论从间歇泉的数量上，还是从它们的规模上，世界其他地方的间歇泉与黄石公园的都不具可比性。请注意这里的喷泉是天然的，而不是人工的，基本还是按时间喷，从它被发现到现在的一百多年间，每隔33—93分钟喷发一次，每次喷发持续四五分钟，水柱高四十多米，从不间断。喷泉的地下层属于三明治结构，上下两层坚固，中间一层结构松软，在上下两层的压力下，就会形成喷泉。

"老忠实喷泉"游客中心会提前摆出喷发时间表，游客可以先去看下时间表，再去游览周边景点。不过要提前去，参观的人不分淡旺季都很多，去太晚一定没有好的位置观赏拍照。老忠实喷泉本体是个很不起眼的小土包，没有喷发的时候完全没有什么景色可言，就是不停地在向外喷发着白雾，随风散去。我来到老忠实泉边时已近黄昏，观赏的人已没有白天那么多了，我的运气还算不错，大概等了20分钟，到了预报时间，喷泉口开始冒出了头，然

黄石温泉及附近地貌

后慢慢开始喷发，最高处高达几十米，非常的壮观。由
于有风，开始还好，到后面温泉喷高了之后，喷泉和白雾
已经像是一面飘扬的旗帜，浑然一体，分不清楚了。持续
喷发了大概 4 分多钟，身边各种"Oh，Amazing"之类
的惊叹语此起彼伏。伴随着最后一股热泉喷出的白雾慢慢
散去，人们在夕阳下意犹未尽地各自消失在黄石公园的夜
色中。

　　大棱镜温泉是黄石公园最善变的温泉，也称大彩虹温
泉，是美国最大、世界第三大温泉。这里每分钟会涌出大
约 2000 升，温度为 71℃左右的地下水。最令人惊叹之
处在于湖面的颜色会随季节变化而改变。春季，湖面从绿
色变为灿烂的橙红色，而到了冬季，湖水则呈深绿色。五

彩池非常壮观和漂亮，加上温泉的雾气，犹如瑶池仙境，对相对色调乏味的黄石公园来说绝对增添一抹亮色，中国四川黄龙公园的五彩池有些像是这里的缩版。可惜的是，现实中在栈道上走的我根本拍不到全景，对以后想去黄石公园的伙伴们需特别提示一下，黄石大棱镜需要在天特别热的时候去附近的山顶上拍才能有网上图片最美的那种效果。

　　黄石湖是美国最大的山湖，也是公园内最大的内陆湖，位于黄石公园中部，黄石湖的水是湛蓝湛蓝的。它的蓝源于蓝天的透彻和湖水的清澈，就像我国青藏高原青海

黄石温泉附近地貌

湖那种清澈见底的湖泊。黄石湖特有的地貌是附近有许多
冒着热气的、形状不规则的、颜色不一样的小水洼，有的
地方只是袅袅地冒着热气；有的地方像即将开锅的水冒着
小气泡；有的地方则像老式高压锅的易熔塞融化了不断喷
出高温水柱；还有的地方就像是一锅滚开的泥汤。

　　黄石湖湖水经过一个缺口流入黄石大峡谷，呼啸而下，
形成著名的黄石大瀑布。我们驱车到达黄石大瀑布停车场
时，下车就听到了阵阵轰鸣的水声传来，疾走几步，看到
了有名的黄石大瀑布。这里第一个停车点其实离观景点还

有蛮远的距离，最开始的时候主要只能看到瀑布顶上的一部分，沿着山边的小路慢慢走，来到观景台之后，黄石瀑布的全貌豁然展开在眼前，让人不由得想起那句"遥望瀑布挂前川"，远远望去，瀑布轰鸣而下，确实是"飞流直下三千尺"。在瀑布倾泻之下，溪流在大峡谷中快速的穿梭前行，在两边的黄色岩石中显得非常的醒目。而黄石大峡谷也确实不负 Yellow Stone 得名的原因，在阳光的照射下，整个山谷大片黄色的岩石非常的耀眼，其间各种怪石耸立，吸引了大量的游客在这里各种拍拍拍。

黄石公园的野生动物实在太多，看到很多飞禽走兽，但其实我根本不知道它们是什么飞禽什么走兽。不过，黄石公园以熊为其象征。在黄石公园短暂的两天，我有幸遇到了一只熊，也许是电视里看多了，并不觉得陌生，也没觉得是人生中第一次见野生的熊，当熊展开双臂时，足高三米，我才感觉如果不是开车，手里准备防熊喷雾还是很有必要的。黄石公园的野生动物并不怕人，会在公路上自由自在地慢慢走，而我们开车见了动物基本先要等待动物通行后再走。我还有幸看见了一只美洲野牛，据说这是濒危品种，好像全世界也就黄石公园有。

黄石公园就像一个自然风景野生动植物博物馆。天然的间歇喷泉、黄石瀑布、黄石河、黄石湖、峡谷、温泉等等，这些景观或许在其他地方也能见到，但黄石国家公园的魅力就是凝聚着无数精华，处处透露着惊喜。这里的游人来自世界各地，五湖四海，形形色色，所获得的感受自然也就丰富多彩，各不相同：有赏心悦目的赞美，有敬畏惊诧的感叹，有肃然起敬的沉思，有惊险恐惧的刺激，有对大自然威力和静默的领悟，还有悲喜交加的经历。上千个间歇泉，每一个却都不一样；黄石湖边染红了整片苍穹的火烧云；阳光下炫目多彩的大棱镜温泉，以及爆发时恢宏的老忠实喷泉；还有唤起每个人爱护我们的家园的猛犸热泉……原来，心跳加快初恋的感觉，可以因为这些美景而产生。

黄石公园是我此次美西之行最期待的地方，在这里我不仅留下了很多精彩的回忆，但是还有很多的遗憾，至少有一半的风景没有向我敞开。我相信，一千个游客心中必定有一千个黄石。大约每一个人心中，无论是已经去过，正在去的路上，或者终身梦想就是去黄石公园的人心中，都有一个自己的黄石公园。

在牛仔城唱国歌

　　离开了让我不虚此行的黄石公园，从南门出去，向南进入杰克逊山谷，我们到达大提顿公园（Grand Teton）。大提顿国家公园位于美国怀俄明州西北部壮观的冰川山区，公园内最高的山峰是大提顿峰，有存留至今的冰川。高耸入云的山巅，覆盖着千年的冰河，山连山，峰连峰，宛如进入人间仙境。

　　大提顿国家公园还有世界著名的野生生态系统，是全球最大的麋鹿群出没处，还有美洲野牛、羚羊、貂、河狸以及其他多种哺乳动物。公园的突出特点是多山，整个山脉拥有8座超过3658米的山峰，其中大提顿峰高4198米。山顶终年为"雪白头"，山群中以三个花岗岩尖山最为突出，分别称大提顿、东提顿、南提顿山。这里是登山者的乐园，有特设的爬山学校。到处可观赏到冰川、峡谷、溪水、湖泊、飞瀑。

　　大提顿国家公园，像一幅静止的油画。近处是湿地，远处是湖水，最远处山上是大提顿峰。从远处看，只见几抹白云，走近时，峰峦逼人，万壑千山从杰克逊坳地拔地

大提顿国家森林公园

　　而起，显得格外高峻挺拔，巍峨雄秀。在开满小红花的碧
绿草原上，是一片郁郁苍苍的林群，其上耸立着山色变幻
的高峰，从灰到蓝，由蓝到紫，有时几乎与衬托的白云浑
然一体。

　　多数美国人会选择很悠闲地坐在大提顿国家公园观赏
点的咖啡厅，一人面前一个苹果电脑，在网上查着资料写
着什么，喝着咖啡，欣赏着远处的自然美景。我也想在这
里坐一天，面对这幅天然油画，晒着太阳，喝着咖啡，上
着网，但花一天时间悠闲自得地欣赏大提顿国家的自然美

Cowboy Bud Boller 1976

鹿角公园

景对我来说是一种奢侈。

从大提顿国家公园出来，我们去往怀俄明州有名的西部牛仔城——杰克逊小镇。在上个世纪七八十年代，西部牛仔曾风靡一时，不论是音乐、电影还是服装都是年轻人追捧的对象。

杰克逊小镇四面环山，犹如镶嵌在洛基山深处一颗璀璨的珍珠。这里的夏天有最好的漂流地，冬天有全球有名的滑雪场，有著名的鹿角公园，有多年前西部牛仔们活动的痕迹。

在十字街中央，就是杰克逊小镇最著名的"鹿角公

园"。因为小镇以前正好在麋鹿迁徙的路线上，大批的麋
鹿、羚羊秋天要从北方迁徙到南方过冬，春天返回。每到
春天，雄鹿的鹿角就开始脱落，鹿角公园的鹿角门就是用
这些脱落的鹿角搭建而成的，共用了 7500 只鹿角组成的
Jacksonhole，它也是公园的标志甚至是杰克逊小镇的标
志。走进公园，里面是一个绿树成荫的大草坪，中央立着
一座牛仔纪念碑，刻着不少斗牛冠军的名字，碑上立着一
个雕塑，是典型的西部牛仔雕塑，彰显出西部开拓者热情
无畏的本色。

　　小镇其实就一条主要商业街，虽然街道不大，人口也
不足一万人，但由于这里是通往黄石公园和大提顿国家公
园的必经之路和主要门户，所以来往游客特别多。

　　主要街道两旁是一座座保持着原来西部城镇风貌的小
木屋，体现出了传统西部小镇牛仔之乡的风情。这些小木
屋现在已是酒吧、旅馆、小餐馆和商店，人来人往，十分
热闹。商店里出售牛仔裤、皮衣夹克、皮靴、卷边牛仔帽、
烟斗等各种牛仔服饰，甚至还有各种各样的枪，到处弥漫
着浓浓的西部牛仔的气息。

　　西部牛仔城其实很小，小到半个小时就可转完这几条
街，但在这里我却遇到了最尴尬的事情，排队上厕所，直
到超过出发的时间，我才急忙上完厕所。在我们旅行中，
导游最初就有一个规定，谁迟到了就罚唱歌或者迟到一分

钟就交罚款一美元,当然前几天大家都非常守时,而我在这里因为上厕所,成了团队中第一个吃螃蟹的人。我在大家的哄闹中被导游罚唱歌,自从来美国后再也没唱过K,根本想不起来歌词,后来终于想起我能唱下来的歌是国歌,我拿着麦克唱起了国歌,大家先是哄笑,后来又都跟着我一起唱国歌,后来的旅行中,整团的人都叫我"那个唱歌的姑娘"。多年后,我当然早已不认识那个团里的人,但如若某天说起那一年在美国旅行,大家依然会记得车上有个姑娘唱国歌。

从西部牛仔城去往盐湖城的路上,沿途经过爱达荷州的农业基地,在这里我来介绍一下美国的农业,真正的先进与现代化。美国的农民属于中上等人群,据说美国的农民很多都是百万富翁,甚至是千万富翁。

如果你想在美国当一个农民,你必须具备以下几个技能:作为农民你需要懂化学,因为你需要会使用一些农药;作为农民你还必须懂机械,因为美国的农业全部是机器在操作,如果作为一个农民,你不懂机械,那些机器你不会操作,就等于作为一个农民你根本不会使用铲子、镰刀等工具;作为农民你还必须会开飞机,因为这里喷洒农药全部是开飞机;最后你还需要懂点农作物知识,这点是必须的。我所知道的美国大部分农民都至少有本科学位,还要学习大量的市场、管理甚至物流、金融、法律和环境的有关知识，因为他们大部分是给自己打工的，自己当老板，要懂的事情并不仅限于如何种植。

在美国种地，不是一人几亩地，而是一人几千亩地，这里的操作全是机械化的，我用眼睛看到的是先进的灌溉，比如中国现在使用的地灌，其实已是美国早年淘汰的浇灌方式，因为地灌不经济，每年都需要拆装管道，很费人工，而且如果管道拆除不干净，在进行机器操作开荒时，还会损害到机器。我在美国看到的灌溉技术是在地面上搭起一个架子，架子由四根柱子支撑着，四根柱子下面有四个轮子，这四个轮子会根据电脑操作，在每一片地停留同样的时间进行浇灌，美国的地是圆形的，这样既有利于灌溉，也有利于机械开垦。据说，这里最主要种的农作物是土豆，全美国大部分的土豆都是产自这里。

美国许多农民属于这样一批人：他们和研究者、企业多少都会有些合作，手里有着很多自己农田的土壤、肥力、肥料量、作物和天气数据，研究者们一边做研究，一边更新给这些农民指导手册，农民可以根据这些指导手册种植，而这一切都是电子的，可编程地输入各种农机里，然后都是机械化作业，而农民其实就没事干了。等农作物成熟后，农民会把这些农作物直接交到合作的企业手里，然后再通过农产品企业将农民种植的农产品流入到市场。

美国农民除了没住在城市里，生活状态看起来和城市里的人没有太大区别。美国大部分地方都有很多小镇，公路网又特别发达，虽然这些农场主都是独立居所，方圆几公里没有其他人家，但其实这些农场主不会住得离镇子太远，而每个镇子的差别都不是很大，小镇基本应有尽有，而美国农村与城市的最大的区别就是群居还是独居，至于日常生活基本没有什么差别。

盐湖城与摩门教

　　1847年，摩门教的领袖杨百翰率领一批耶稣基督后期圣徒教会（摩门教）的信徒为逃避迫害向西艰苦跋涉。杨百翰将包裹放在大盐湖岸边，希望他的团体能最终在此和平地生活。杨百翰调查这片看似贫瘠的荒地后，说了这句至今仍非常闻名的话："这就是我们要找的地方。"这座城市建成后，居住着几乎全都是摩门教徒，直到1869年，横穿大陆的铁路才带进大批外来者。此后，该教会的总会一直位于盐湖城。

　　整个犹他州基本是由摩门教所控制的，所以说起盐湖城，不得不以介绍摩门教为主。在摩门教掌控下的盐湖城的特色是：非常干净的城市；没有娱乐场所，别说找酒吧夜店了，就连开遍全世界的星巴克，在这个城市里也无法生存。

　　盐湖城是美国摩门教的主要中心，壮丽的摩门教总寺院为城市象征。教堂广场位于市中心，是摩门教会的圣殿，也是犹他州最知名的旅游胜地。位于广场内的教堂历史和艺术博物馆举世闻名。盐湖城是摩门教早期的教友凭借对神的信心拓荒所建成的一座城市，在全世界的城市发展史上极为罕见且特殊。

摩门教总部

目前超过半数当地人士为后期圣徒，使盐湖城成为美国犯罪率和离婚率最低的大城市。摩门教会在美国乃至全世界传播甚广，在美国有很大声望。该教不吸烟、不喝酒、家庭和睦。

盐湖城基本上没有黑人，摩门教虽然不歧视黑人，但他们信仰心地善良的人，面色也很白，基本就是面由心生的理念，所以黑人也不愿意来这里。盐湖城每到周日所有商店和影院全部关门，全民休息，他们认为每个周日应该全家人一起吃饭、一起诵经、一起分享才是对的，所以如果您到了盐湖城周日基本在宾馆就可以，上街估计连个人都没有，真的是连超市、餐厅全部不开门。这个城市很少有乞丐，因为摩门教的理念是人要勤劳，就算你找不到工作，在盐湖城摩门教的信徒们也一定要帮助你工作，哪怕你不是摩门教的教徒，待在这个城市迟早也会被感化了。

盐湖城以工业为主，电子产业和生物技术相当发达。对于末世圣徒、滑雪人士、远足人士、骑爬山单车人士和任何喜欢享受户外活动奔放乐趣的人来说，这里是一个极棒的地方。这座广袤无垠、令人心旷神怡、忘却烦嚣的都市坐落于内陆海和顶部覆雪的山峰之间。

美国的三大宗教：天主教、基督教和摩门教，这三个教派都是信耶稣或者是他们家人，比如天主教还信圣母玛利亚，基督教则只信耶稣。国内很多人都只知道天主教和基督教，而很少有人知道摩门教。如果你走进一个教堂而不知道这是哪一个教派时，我可以告诉大家分辨三个教派的一个方法，若你在教堂里看到十字架上钉着耶稣，则为天主教；如果你在教堂里看到仅是十字架，则为基督教；如果你在教堂里看到的仅是耶稣而没有十字架，则为摩门教。

从摩门教的总寺院出来，我参观了犹他州政府，据说这是美国最值得参观的三个州政府之一，因为犹他州是美国最富有的州。犹他州政府值得参观是因为那里的奢华，价值连城的大理石，独一无二的壁画，州政府内所有金属材料全部是使用铜做的，楼梯、卫生间水池等，有的还是纯金打造的，你可以想象一下盐湖城的富有和铜资源是有多丰富。

犹他州主要产铜，全世界20%的铜都产自我最后参观的宾汉峡谷铜矿——位于犹他州盐湖城附近的奥克尔山脉，这处矿坑与中国的长城并驾齐驱，是在外太空可见的

宾汉峡谷铜矿

人造景观之一，其大小可以想象。1906年开采时，这里还是一座大山。一百多年来，从这儿挖走的60亿吨矿石中，不仅提炼出大量的铜，还提炼出相当数量的金、银和钼。现在，这里原先的大山不见了，取而代之的是一个巨大的螺旋式矿坑，而挖出的矿石废渣堆成了连绵起伏的人造黄土高原。如今，它的规模还在不断扩张。

　　盐湖城的取名是因这里有北美洲最大的内陆盐湖——大盐湖（Great Salt Lake），大盐湖羚羊岛州立公园是游览盐湖最佳地点，距离盐湖城约64公里。我们驱车从盐湖城出来时已是傍晚，已没有时间再去羚羊岛州立公园游览，我就这样与世界最大的盐湖擦肩而过。不过，后来我在国内青海看过了世界第二大盐湖——察尔汗盐湖，那里的美景足以弥补没有近距离接触世界第一大盐湖的遗憾。

丹麦村和赫氏古堡

　　从洛杉矶向北,驱车走101号高速公路,再经246号公路向右开出不远,大约三小时的车程就可以到达这个如今早已是闻名遐迩的丹麦村(Solvang)。丹麦村位于美国加州中部圣塔芭芭拉县境内,距洛杉矶130英里,是一个具有典型北欧风光的纯朴袖珍小镇。小镇内有图画般的丹麦式建筑、丹麦风车、丹麦食品、葡萄酒及丹麦特色工艺品。若早上9点从洛杉矶出发,中午就可以优哉游哉地坐在Solvang的小饭馆里用午餐了。阳光、蓝天、微风、北欧风情正是Solvang小镇给我留下的第一印象。

　　据说,当年三个丹麦人买下了丹麦村这块土地,一些居住在美国中西部、非常怀念故乡的丹麦移民集中建设了这里,后来这里逐步发展成一个被丹麦人称为比丹麦更丹麦的村庄。丹麦村开始主要是靠卖马和卖一些农产品,现在变成一个旅游观光点,全村有五千多人,大都从事与旅游相关的工作,每年有一二百万游客到此观光,旅游收入可观。当年丹麦国王到美国访问时,还特地到这里参观。

　　一上午在这么惬意的小镇逛着,曾有几时,我有点搞

丹麦村大风车

　　不清楚自己是身在美国的一个小镇，还是身在欧洲，这个小镇的所有建筑和风土人情都是欧洲风格。来自世界各地的人们在街上悠闲地逛着，路两旁的餐厅生意红火，许多人在餐厅门口的大伞下享受着微风习习，喝着啤酒，聊着天。时不时地我们还能在路旁看见几辆漂亮的敞篷老爷车，这些车绝对是收藏车，很多美国人也都举着相机在那里拍照留念，至于世界各国的游客更是以惊叹和兴奋来表达感情，用各种 pose 跟这些老爷车合影留念。

　　如果，你想在加州的阳光明媚下放松身心，缓解压力，又或者你想在美国找一个欧洲风情的浪漫之地，那就去丹麦村闲逛一下吧，相信那里的异域风情会给你带来不同于美国其他各地的感受。

丹麦村街景

　　如果你感受完这个惬意舒适的欧洲风情小镇，还想去看看西班牙的建筑，欣赏一下金碧辉煌的装饰，感受一下富有且奢华的生活，那就继续跟着我的行程走吧。

　　悠闲地逛完小镇后，我下午的行程是赫氏古堡。赫氏古堡是私人产业，1865 年建造者威廉赫斯特的母亲购买了古堡所在地附近的 40 万英亩的土地。购买多年后，当他们再去开采从前已经发现的矿脉时，这块神奇的土地上又淘到了金矿，自此赫斯特家族的财富便一发不可收拾。威廉赫斯特小时候跟母亲参观游历了许多欧洲的城堡，对此十分着迷。赫氏古堡从1909开始盖，整个建筑完全按着他的设计进行施工，在建造赫斯特的梦想家园时，赫斯特把这个古堡命名为"迷人的山庄"。

山脚下是赫氏古堡的游客中心，在这里有售票大厅、赫氏家族纪念馆、商店和饭店等，也是从这里统一乘坐古堡大巴车前往古堡。大巴车沿着山路向上攀爬，音响里放着赫氏古堡的介绍，主要涉及古堡的建造过程以及赫斯特家族的历史，另外就是对于参观游客的提醒，尤其强调不要去触摸古堡内的物品等。

面朝大海，春暖花开，来形容古堡的景色再恰当不过了。古堡的山路两边是漫山的金黄，在夏日里这抹金黄色绝对是加州的特色之一。整座山上随处可见有慵懒的牛群，眯着眼享受着加州的阳光，不远处可以看见海，稀薄的云像白色的纱盖在碧蓝色的海上。车辆行驶15分钟左右就到达山顶，缓缓驶入一个铁门，这里便是古堡的主建筑所在地了。

每辆车都配有一位导游，我们的导游是一位已经在这里工作了三十多年的老人。他穿着干净整洁的工作装，带着酷酷的墨镜，满头白发，非常迷人，他很爱跟大伙开玩笑，听他如数家珍般地向我们介绍这里的一草一木也是一种享受。

如果从古堡的建造年份来说，赫氏古堡并不能算是一个很"古老"的城堡，至今建成不到 100 年，然而古堡内的部分用料以及内部装饰却可以追溯到文艺复兴甚至更早的欧洲时期，从这一点来说倒是可以说得上是"古"堡。古堡共有 165 间房间，每间房的装饰风格都不同。古堡主人一生酷爱收藏艺术品，家具、挂毯、绘画、雕塑、壁炉、天花板、楼梯，甚至整个房间都是他的收藏对象。古堡内的每一块用料和装饰，或许都有它们独特的历史轨迹，因为有了这些艺术品，整个城堡平添了浓浓的艺术气息和典雅的风韵。

赫氏古堡主建筑有西班牙教堂的影子，其灰泥墙，红瓦顶和丰富多彩的陶瓷砖具有浓厚的西班牙、墨西哥和加州古老建筑物的风采。建筑的式样混合着赫斯特喜欢的欧洲和地中海区的建筑风格，古堡内的艺术收藏品让赫氏古堡身价倍增。组成赫氏古堡的另一个主要景观就是放着古罗马建筑的游泳池。两旁是壮观的古罗马风格的立柱，水里的雕塑也可以看出明显的古罗马特征。游泳池的水，透着清澈的蓝，可以看到池底镶嵌的金。

参观整个古堡我们花了近三个小时，参观完后不禁让人感慨富人的生活竟可如此这般的奢华，古堡内的每一处建筑都无不显露着古堡主人的财富及地位。威廉赫斯特曾

左／赫氏古堡外观，右／赫氏古堡室内游泳池和室外游泳池

一手创建了美国当时最大的出版和媒体帝国，在其事业顶峰时期，他拥有 26 家报纸，13 家全国性刊物，8 家广播电台和许多其他新闻媒体。除此之外，他还监制了众多新闻和将近 100 部影片。主建筑在威廉赫斯特去世后还有一些部分没有建成。威廉赫斯特去世六年后，因他的财产过多，子女负担不起遗产税，赫斯特公司将赫氏古堡捐赠给加州政府公园及休闲部。

赫氏古堡现归加州政府所有，但赫氏家族享有永久的使用权，据说，赫氏家族虽然没有百年前那么辉煌了，但至今在当地也是上流社会的精英阶层。如今，赫氏家族若需要在古堡内举行Party，则需向加州政府批准后方可免费使用场地。

一百年前的威廉赫斯特在美国的富有程度可谓是富可敌国，如果你想了解威廉赫斯特及赫氏古堡，有部曾经获1941年奥斯卡最佳编剧奖的电影《公民凯恩》，是一部根据威廉赫斯特的原型改编的，有兴趣的朋友可以看看。

恋上旧金山

　　我记得美国有一位作家说："如果你还活着，旧金山不会使你厌倦；如果你已经死了，旧金山会让你起死回生。"

　　伴随着 *San Francisco* 这首歌，我的车从海湾大桥进入旧金山，经常看好莱坞大片的朋友应该都熟悉那座桥，那座桥几乎是进入旧金山标志性的一景。

　　我在旧金山的第一站是金门大桥。金门大桥是世界著名大桥之一，横跨金门海峡，位于旧金山的西北端，南北连接旧金山半岛和 Marin 县，被誉为近代桥梁工程的一项奇迹。金门大桥建于 1937 年，是世界上最大的单孔吊桥之一，桥两端有两座高达 227 米的塔。大桥桥身为朱红色，造型宏伟壮观而朴实无华，横卧于碧海蓝天之间，成了旧金山不可多得的靓丽景观。金门大桥从建成至今一直是所有到旧金山旅游的游客必到的景点，其中"雾锁金门"和"夕照金门"是无数摄影爱好者在旧金山最爱的摄影主题作品。

　　我非常幸运地看到了有名的"雾锁金门"。"雾锁金

雾锁金门

门"的景观确实很有意思，桥身附近全是雾气，然而离得
稍微远点的地方却是一点雾气都没有，这个时候你要是在
桥底下观看那就更有意思了，身边的海浪不停冲打着桥身，
桥上云雾缭绕犹如仙境一般。

金门大桥是世界上最繁忙的桥梁之一，每天都约有
10万辆汽车从桥上隆隆驶过，旁边的跑道也从来不缺乏
热爱锻炼的人跑步的身影，而众多闲庭信步的游客与繁忙
交错的车辆来来往往，也是金门大桥的一景。

在旧金山市区的俄罗斯山上，有一条小街，长度不到
300米，坡度超过40度，两边没有任何著名的商业设施，

九曲花街

　　却吸引了来自世界各地的万千游客。这就是大名鼎鼎的九曲花街，它实在太有名了，每个到旧金山的中国游客，无论是团队还是自由行，都会来这里拍张照片。

　　九曲花街，美国官方正式名称为伦巴底街（Lombard Street），伦巴底街是一条东西走向的街道，全长约4公里，西段伸入要塞公园，东段经过俄罗斯山后至旧金山海边的闹区内河码头。我顺着伦巴底街从西往东走去，花街两旁房子边修了步行阶梯，供游客上下，游客可顺着人行阶梯悠然漫步，欣赏美景。其间遍植花木，就连房子的墙壁也是铺满鲜花，把整个街道点缀得花团锦簇。

　　九曲花街距离渔人码头（Fisherman's Wharf）并不远，步行就可以过来。路上经过旧金山非常著名的"铛铛车"渔人码头总站。旧金山很多地区都是陡峭的山坡，"铛铛车"在旧金山是日常交通工具，也成为这个城市的一大特色，体验铛铛车成为游客们喜爱的旅游项目之一。

　　渔人码头中，最为出名的自然是39号码头（pier39）。虽然说全世界有很多的渔人码头，更有一种说法是有海的地方就会有渔人码头，可旧金山的渔人码头，却是所有渔人码头的起源。39号码头是步行街，入口的标志是螃蟹广场里的那只张牙舞爪的大螃蟹。据说，这螃蟹是这里口感出众且个头很大的丹金尼斯大海蟹，一个可达两磅左右，也是旧金山具有代表性的美味之一。

　　39号码头有很多的餐厅、商店和纪念品专卖店，在这里你能够买到很多好吃的好玩的东西。渔人码头除了有很多海鲜类的美食，也有两种小动物特别的可爱，一个是海豹，它们经常会成群结队地爬上来晒太阳；另一个是海鸥，这里的海鸥一点都不怕生，还会来跟你抢吃的，非常有意思。

　　我在渔人码头上船，准备坐船游览金门大桥和魔鬼岛。关于魔鬼岛看过尼古拉斯凯奇主演的电影《勇闯夺命岛》的朋友应该都知道这是个废弃的监狱。早期岛上建有灯塔，是一个军事要塞，后来被美国政府选为监狱建地，曾设有

渔人码头

魔鬼岛联邦监狱，关押过不少知名的重刑犯。虽然魔鬼岛监狱号称从来没有罪犯在此成功逃脱，但是曾经有三人逃出，因为需要游过有许多暗流和鲨鱼的水域，一般人的体力很难在危险重重下游这么长的距离，所以没人知道最后他们有没有活下来。魔鬼岛监狱所有的窗口都不对着旧金山，在感恩节圣诞节的时候，城里的欢声笑语打到礁石上再透过窗口传入监狱，很多犯人都忍受不住这种精神折磨。因此，监狱于1963年废止，现与金门大桥同为旧金山湾的著名观光景点。

从渔人码头出来，我去了一个叫作"六姐妹"的地方。"六姐妹"在阿拉摩公园（Alamo Square Park）旁，是一座挨着一座、从上排列到下的六座房子的称呼。之所以把它们称作"六姐妹"，是因为这六座房子不仅仅是样子相同，紧密相连甚是友好，还因为它们是历经了旧金山8级大地震后，唯一没有受到损坏的房子。当地的人们认为这里是神眷之地，纷纷到这里观摩，希望能够沾上一些好运气。

告别了"六姐妹"，我们沿着公路一路盘旋而上，来到了旧金山的海拔最高点双峰山（twin peaks），虽然这里的海拔只有280米，但却可以俯瞰整个旧金山湾区的城市分布。从这里可以清楚地看到旧金山作为海湾滨城的地理布局，是一个可享受360度全景观欣赏旧金山景色的山顶公园。这里远离市中心，山坡是住宅区，非常安静。在一片片的树林遮蔽下，一幢幢山间别墅，各种风格的建筑绚丽多彩，举目远望浩渺无际的太平洋，碧海蓝天，天水相连，无比壮观；近看旧金山美景一览无遗，只见太平洋海湾沿岸成片成片稠密的建筑群拔地而起，错落有致，

六姐妹屋

显得别有风情。

　　从山上下来，我们经过旧金山有名的同性恋区，在那里你随处可见两个男人手拉手走着，还有的是一个男人牵着狗，另一个提着一大堆吃的，与平常的夫妻没任何区别。美国的同性恋会在自家的窗户上挂彩虹旗，如果你是同性恋可以去挂彩虹旗的人家找伴侣或者相亲。旧金山有全美国各个县里最高比例的同性伴侣家庭，男同性恋多于女同性恋，我在网上查资料看到，在旧金山35岁以上的男性人口中每5个人就有一个是同性恋。因此，旧金山也被誉为同性恋的天堂，在这里不仅不会受到歧视，还很容易找

左 / 旧金山街道，右 / 旧金山公园很多旧鞋子里种满花草

到同性的伴侣。

旧金山市中心留给人印象最深的建筑非市政厅莫属。市政大厅是由小约翰·贝克韦尔和小阿瑟·布朗于 1915 年设计的。它浓缩了当时风行的建筑艺术学院式风格。巴洛克式的圆顶以罗马的圣·彼得教堂为模型，它是一座巨型、古典和对称的杰作。市政大厅也是旧金山的政治心脏，是政治家们的巨大舞台。这里自有的威严、肃穆的氛围，使得来参观的人们都要在此拍上几张照片以作纪念。

旧金山全年都适合旅游。冬季后期比较潮湿，夏季多雾并且一天中可能出现多次天气变化，市区比加利福尼亚的其他地区要凉快得多。在旧金山走在街上，游客和当地人很容易识别。当地人穿的衣服一般都是一层又一层的薄衣服，隔一两个钟点添或减一层。而外地人很可能冻得发抖，因为他们并不知道虽然是四季如春，这里的春是早春气候。我在旧金山就是那种被冻得发抖的游客，美国西部的气候真是千变万化，在拉斯维加斯高温40多度差点把我热晕过去，可是在黄石公园和旧金山时，至今给我印象深刻的依然是哆哆嗦嗦。另外，在旧金山的游客也可能是满头大汗，因为清晨出门的时候，觉得很冷，套上一件很厚的毛衣，到了中午又热起来，若里面没有衣服，又无法脱衣服的话，就得满头大汗了。因此，在旧金山你也有可能遇到那种汗流浃背的游客。

旧金山是一个非常好的度假的天堂，有着美味佳肴的各类餐馆令人惊喜，富丽堂皇的饭店超乎想象，游客所期望的美国大城市中的各种表演应有尽有，世界级的芭蕾舞、高雅的古典音乐、百老汇的音乐剧、欢快律动的爵士乐，无分高下，共同浑然融入旧金山的城市节拍之中。在旧金山，遍布全市的维多利亚式房屋固然赏心悦目，希腊罗马式的"艺术宫"、雕龙镂凤的唐人街城门、地道东洋味的日本城五重塔、北滩上漆着意大利彩画的餐馆一样都会让你目不暇接。旧金山的最强音是移民们迸发出的热情，这是一个令人陶醉的文化混合体：特色鲜明的意大利人、中国人、西班牙人、韩国人、日本人、墨西哥人以及欧洲人等，不同的聚居区点缀在旧金山这块美丽的土地上。

如果你去旧金山，别忘了戴朵花，把心留下。

建筑天堂芝加哥

18世纪末，美国的西进运动开始，随着伊利诺伊－密歇根运河的建成和铁路的修葺，使得来自四面八方的移民像发现新大陆一样潮水般涌入芝加哥这座刚刚开始向外界发出声音的年轻城市。

芝加哥（Chicago）位于美国中西部的伊利诺伊州，东临壮丽的北美五大湖之一密歇根湖，是风之城，是工业之城，是摩天大楼的发祥地，是著名国际金融中心之一，也是仅次于纽约和洛杉矶的美国第三大城市。

英国著名作家吉卜林在1891年来到芝加哥，就曾发出这样的感叹："我邂逅了一座城市——一座真正的城市，人们叫它芝加哥。"虽然已过去一百多年，芝加哥早已不是桑德堡诗中那个世界的猪肉店，那个煤气灯下与乡下小伙调情的浓艳女子也早已过时，没有了昔日的烟雾和灰暗，但芝加哥依然如此真实，仍继续保留着它昂起头唱歌的骄傲和充满市民气息的喧嚣和躁动。

芝加哥千禧公园的云门

迷失在摩天大楼里

在芝加哥，很容易就迷失在各种摩天大厦里，到处都是很有设计感的高楼大厦。作为一座在建筑史上占有重要地位的大都市，芝加哥市区，乃至郊区部分地区，随处可见装潢华丽的摩天大楼。而著名摩天大楼最为集中的地块，乃是市区的 Loop 地区和芝加哥河两岸。有人说，芝加哥是建筑设计者的天堂，在这里可以看到无数有创意的建筑作品，这里拥有美国最高的十座摩天大楼中的四座和曾经的世界第一高楼西尔斯大厦，因此，芝加哥被誉为"摩天大楼的故乡"。

芝加哥玉米楼

西尔斯大厦建于1973年，2009年由于易主而改称威利斯大厦。建筑总高442.3米，不计入天线高度在内的建筑物排名中，曾经多年为整个西方世界的最高建筑，西尔斯保持世界最高楼纪录是1974年至1998年。西尔斯大厦作为世界最高的摩天大楼之一，使得你无论在芝加哥的何处，都能够看到这座足够醒目的地标。从遥远的地方望向芝加哥时，西尔斯大厦永远会是第一座映入眼帘的芝加哥组成部分。站在西尔斯大厦上，你可以轻而易举将芝加哥全境收入眼底。位于大厦第103层的观景台sky deck距地面约1454英尺，瞭望台采用全玻璃设计，连地板也是玻璃铺就，身处这个全透明的瞭望台观看芝加哥的夜景，我只剩下恐高、刺激、腿软和兴奋，已顾及不上欣赏芝加哥那片灯火的海洋。

　　我们从西尔斯大厦看完芝加哥的夜景出来时，已是晚上9点多，我和朋友最大的错误是在这么晚的时候选择找地铁站。我们一路小跑地穿过几条街，伴随着不远处几声枪声和汽车紧急刹车发出刺耳的声音，有几辆黑色的商务车从我们身边飞驰而过，那一刻我真的吓到腿软，还好及时看到了地铁口，我和朋友飞奔进去，那时地铁成了我们避险处。在芝加哥的第一晚经历了如此的心惊肉跳，让我在芝加哥的其他几天切记天黑之前一定要回到酒店。

　　芝加哥曾经在上世纪二三十年代以黑帮城市而"声名远扬"，历史上也屡次发生严重的种族暴动。即便至今，时而的严重枪击也让这座城市列名美国最危险的城市之一，乃至于被称为"America's Crime Capital"（美国犯罪之都）。据说，芝加哥市府在维持和提升治安上可谓绞尽脑汁，但这些由贫穷所滋生出的副产品，牵扯到太多社会学问题，芝加哥市府一方的力量，更多时候则是显得如同隔靴搔痒般的无力。

　　受到第一天晚上的惊吓后，在芝加哥的第二天很早出门，为了晚上尽早回酒店。可惜天公不作美，早晨出来有些阴天，6月的芝加哥并不是很热，需要穿外套，小风吹着有些凉飕飕的。"一年一场风，从春刮到冬"，如果你来到芝加哥，就会知道芝加哥号称"风城"绝对不是浪得虚名。

我步行来到玛丽娜城（Marina City），又称双玉米楼停车场，矗立在市中心芝加哥河岸边，是芝加哥另一个标志性建筑。1963年开始建立，高65层，两栋楼的1至19层是裸露并呈螺旋状的停车场，每栋楼各拥有896个车位。大楼楼底下是游艇码头，楼内既有住宅也有购物中心、办公室、电影院和溜冰场，这里一座城中之城，堪称世上最奢侈、豪华的停车场。好莱坞大片《金刚》和《变形金刚》都有以这个双玉米楼为背景的景。

特朗普国际酒店大厦，又称为芝加哥特朗普大厦，是一座酒店式公寓。大厦以曾经的房地产开发商亿万富翁现如今已是美国总统唐纳德·特朗普的名字命名。芝加哥特朗普大厦毗邻芝加哥河主分支，可以看到密歇根湖的景色。2001年，特朗普宣布这座摩天大楼将成为世界上最高的建筑，但911袭击事件后，他缩减建筑计划，大楼的设计经历了几次修改。在2009年封顶的时候，它成为西半球第二高的建筑，仅次于西尔斯大厦。

千禧公园

千禧公园（Millennium Park）是芝加哥另一个绝妙的露天艺术作品。千禧公园的一边是繁华的芝加哥市中心，包括西尔斯大厦等摩天大楼和闻名全球的芝加哥期货交易

千禧公园

所（CBOT）就坐落在这里。另一边则是风景秀丽的密歇根湖，不同颜色的帆船把湛蓝、平静的湖面点缀得如诗如画。

　　千禧公园的云门（Cloud Gate）是一个巨大雕塑，向公众开放展示后已成为芝加哥新的城市地标。这款雕塑的主体造型类似于一个椭圆，采用抛光不锈钢外表制成，因此无须任何的花纹修饰即可将周围的景色映入其中，不同时间不同角度所看到的这个被称为"神奇魔豆"里的景都是不同的。远远望去，像是从外太空掉落到凡间的不明物体，在阳光下闪闪发亮，走近一看，邻近千禧公园的建筑物、人全都倒映在这座不锈钢铸造的"神奇魔豆"上，非常有意思。设计者称之为"通往芝加哥的大门，映射出一个诗意的城市"。

云门旁边的皇冠喷泉由西班牙艺术家詹米·皮兰萨设计，是两座相对而建的、由计算机控制15米高的显示屏幕，交替播放着代表芝加哥市民的不同笑脸，这些笑脸欢迎来自世界各地的游客。每隔一段时间，屏幕中的市民口中会喷出水柱，为游客带来突然的惊喜。此时正值初夏，皇冠喷泉早已变成了孩子们戏水的乐园。看到一张张笑脸和那些忘我湿身的孩子们，让人不得不敬重艺术家的超凡想象设计，他们抛却传统的公共雕塑功能，而让原本静止的喷泉与游客一起互动起来，并赋予这座景观新的意义。

白金汉喷泉于1927年8月26日落户芝加哥，其基座用粉红色的大理石筑成，四周几百道水花射向中央，中央的一支水柱喷高四五十米。我从云门走过来时，天气越来越好，没有了早上的阴霾和阵雨。阳光下的白金汉喷泉旁有很多穿着盛装礼服的美国高中生，应该是在这里拍毕业纪念照片，旁边还有一对新人在拍婚纱照。由于刚刚下过雨，高高喷起白金汉喷泉把水柱射向天空，水雾落下时形成的七色彩虹和摩天大楼相互衬托，形成柔刚并济的巨幅彩色画卷。白金汉喷泉是我见过最具有层次感的喷泉，在蓝天、白云衬托下，坐在旁边的台阶上，眺望远处密歇根湖的水天一色，真是一种享受。

左／白金汉喷泉，右／皇冠喷泉

艺术和建筑博物馆

芝加哥的博物馆种类丰富，其中部分博物馆的建筑本身便值得观赏。博物馆主要分布于市中心的 Loop 区和城南的 Museum Campus，其中以 Museum Campus 最为集中。位于 Museum Campus 半岛上的博物馆有三座，分别为自然历史博物馆、水族馆和天文馆。同时，这三座博物馆和城南的科学与技术博物馆同为芝加哥博物馆中最适合孩子们参观的博物馆。

我选择参观位于芝加哥最繁华的密歇根大道上的芝加哥艺术博物馆。这是一座始建于 1879 年的宏伟建筑，东临千禧公园，有一条长达 186 米的步行桥连接左右。芝加哥艺术博物馆是美国第二大艺术博物馆，仅次于纽约大都会博物馆。博物馆共有 4 层，近 300 个展区。藏品十分丰富，从欧洲古代武器、古罗马雕塑、古埃及珍品到美国当代装饰艺术和现代艺术，应有尽有。其中不乏毕加索、莫奈、梵高等大师的佳作。2009年开的新展馆——现代之翼，是美国艺术馆建筑设计的力作，收藏有达利、蒙德里安、杜尚等近现代艺术名家的作品。这里收藏有代表上个世纪三四十年代美国文化的两大著名油画：《美国哥特式》和《夜鹰》，芝加哥艺术博物馆两大镇馆之宝。

　　从千禧公园过大桥就到了芝加哥运河的另一边，街名从南密歇根大道换成了北密歇根大道。运河上的大桥都是百年的大铁桥，没有铺沥青，路面都是铁网，车一过就颤颤巍巍的，走到桥下可以看到汽车飞驰而过的轮子。芝加哥河上的桥梁风格各异，虽然大体上均采用塔桥式的开合桥，但每座桥塔上均有精美的装潢，且步道也采用了各种方式横穿每座桥梁的下方，或是现代风的灯杆扶栏，或是古典式的雕花栏杆。对于桥梁爱好者来说，这里的每一座桥都是一件艺术品。

　　芝加哥建筑游船码头在桥下向湖边走一段，好几个公司的码头都在一起，如果是提前在网上订票，一定注意不要走错码头。建筑游船全程大约75分钟，经四十多处著名建筑，包括约翰汉考克中心、箭牌大厦、怡安中心、希尔斯大厦、IBM大厦以及其他知名建筑。导游对建筑很有研究，全程英文讲解，让你更深入了解芝加哥引人入胜的建筑史。

漫步在滨湖步道

通常情况下，如果我的时间充裕，我都会漫步在一座城市的一些惊艳角落，其实这样的方式是对这座城市最好的理解方式。而相比步行在车水马龙的主干道两侧，呼吸刺鼻的废气，芝加哥专门开辟出的几条设施完善的步道，或许会使你更加享受这一段步行旅程。步道从海军码头附近的芝加哥河口开始，一直延伸到芝加哥的远郊，而其中的精华路段也就是两个 Branch 汇合以后的北 Loop 路段。从海军码头出发，依次可以看见特朗普大厦、玉米停车楼以及建筑史上的另外一些里程碑。即便你在芝加哥停留的时间很短，我也建议至少选择其中的一条体验一下，毕竟这是一个深入观赏城市风景，体验当地生活的独特方式。

最后，美国的 66 号公路对于我而言是圣地一般的存在，非常遗憾的是在美国的那几年，我没有开车走这条路，但在未来的某一天，我一定会开车驰骋在这条路上。即便至今我都未曾有机会踏上自驾 66 号公路的旅途，但却已经在这条公路起始点 Adams St. 和密西根大道的交会处留下了纪念。起始点处只有一个小小的贴满贴纸的标牌，但它所具有的分量，一定远非这一座小小标牌所能承担。

走到 66 号公路的标识牌前记得一定要驻足停留，"从芝加哥到洛杉矶，一路超过两千英里"，脚下就是美国"母亲之路"开始的地方，是历史回忆共同的起点。从这里一路窥尽美国的运输和交通历史，最终承载着无数个追逐自由和勇气的美国之梦驶向了广阔的西部。

结语

想要读懂一座城市，除了要看它的风貌，还要走进城中的生活，不然都市的繁华看起来总是相似的。与纽约相比，美国人认为芝加哥更能代表美国，这里有大城市的繁华，有典型的美式生活，有更鲜明的汽车文化，有人与人之间不曾走失的热情。

芝加哥，到处充满了灵感和文化氛围、既摩登又现代的完美大都会，这里给你带来的难忘体验，远比你想象的都要多，永远带给你新奇，因为眼前的芝加哥，从来都不是你上次造访时的那个模样，每一年还会有新生的大楼在鳞次栉比的间隙中拔地而起，除了赞叹建筑技术的高妙，天气好的时候可以乘游船沿着芝加哥河游城，或是仰首穿梭在摩天大楼之间，听一场关于建筑革命的故事。

波士顿的历史文化之旅

波士顿，美国最古老的城市，在这里你能感受到自由与独立的精神气息，能在浓浓的学术氛围中体验知识的强大。这里有众多的历史古迹，却不乏现代化的摩天大楼，有静谧悠闲的城市公园，也有说唱弹跳的街头艺人，现代与古典交相辉映，自由和人文结合得相得益彰。你可以在这里感受文化的气息，也可以在这里踏寻名人的足迹；你可以在这里享受拥抱自然的洒脱，也可以在这里探寻自由之路的历程。

可以说，波士顿这座城市就是美国历史的"活化石"，经过三百多年的风雨，历久弥新，古老与现代在这里碰撞出新的火花。相较于车来车往、人流密集的纽约，波士顿有点儿古典和浪漫的味道。波士顿街道很窄，两边的民房应该都是殖民时期留下的，不新也不旧，没有翻新和残破，恰到好处地保留了历史的痕迹，让人有种时空穿越的感觉。当我双脚走在 17 世纪保留下来的青砖路面上，两眼看到的是金秋的五彩斑斓与红砖筑构的城市建筑，让人感受到无比的宁静与美好。

哈佛大学校园

　　波士顿是全美学术气氛最浓的地方之一，这一切与这座城市众多的高等学府有很大关系，目前波士顿有五十多所大学和学院。1636年，美国历史上第一所大学哈佛大学在波士顿建立,哈佛大学比美国的建国时间要早140年，时至今日，哈佛大学早已成为世界上最有影响力的大学之一，该校总共培养出了8位美国总统和157位诺贝尔奖得主，还有许多商业、金融与科技界巨擘。

　　清晨第一站，我怀着无比激动的心情来到这所最著名的学府哈佛大学，看着校园里青春飞扬的匆匆身影，让我思绪万千。漫步在哈佛大学，脚下的每一步可能都是无数名人走过的路。逛累了，坐在公共草坪上放松，或者坐两旁的椅子上沉思，享受着学生的美好时代。

　　哈佛校园里楼前端坐着的 John Harvard Statue 雕像非常著名，和自由女神像、林肯像和费城自由纪念馆前的富兰克林雕像一起名列美国摄影留念最多的四大雕像。John Harvard Statue 的底座上镌刻着：“约翰·哈佛

创校者 1638 年。"就这短短一句话，却包含了三个谎言，因此，这也被称为"三谎雕像"。

谎言一：创建者在雕像底座的正面，刻着两行字：John Harvard, Founder，意为约翰·哈佛是这所大学的创建者。但实际上，哈佛是当地政府投资兴建的，哈佛先生只是一名捐助者而已，关于他的身份各种资料各执一词，但可以肯定的是：他不是创建者。

谎言二：创建时间底座的侧面刻着 1638 年，表明学校的建校时间，但哈佛大学成校于 1636 年，1638 年不过是这位哈佛先生的亡故之年。

谎言三：哈佛是谁？由于年代过于久远，雕塑家根本找不到哈佛先生的图像资料，只好临时找了一位小伙当模特，用现在的流行表述方式，这座铜像被哈佛了。

按照我的理解，这座大名鼎鼎的雕像，除了名字和铜是真的之外，其余全是假的，所以又有三思而后摸之说。但是，"三个谎言"并没有影响这雕像成为哈佛的标志，哈佛大学也没有因此觉得有些羞涩，没有偷偷摸摸地凿了重刻，或者干脆把铜溶了重铸一个。雕像左边鞋子，闪闪发亮，是参观者经年累月用手摸亮的，还有一个说法是给哈佛先生擦皮鞋，就有机会考进哈佛大学，这当然是中国人最喜欢也最相信的说法了。

哈佛的气质，正如这座城的气质，文艺却不矫揉，每一处都是文化的影子，空气里似乎都是娓娓道来的故事气息。这座城冬天太冷，夏天太短，秋天刚刚好，这里的金秋美得让人妒忌和沉醉。

从哈佛大学出来，走路就可以到毗邻的麻省理工学院，简称MIT，这是全世界几乎所有理工科学生的向往之地。与哈佛大学一样，麻省理工学院也是无围墙的开放式校园，现代建筑与古老建筑遥相呼应，独具创意的艺术雕塑矗立在校园各处。MIT跟哈佛的建筑风格很不一样，哈佛的建筑是庄重经典的，MIT的建筑是抽象夸张的。MIT还有一个优势就是比邻查尔斯河，河对岸是波士顿市中心，而此时是最美的季节，河两岸的树都变成了五颜六色的，让人仿佛置身在油画中。

MIT是世界最好的理工科学院之一，也是全球治学最严谨的学校，以学业压力山大而闻名，全世界理工科的优秀学子云集，以世界顶尖的工程学和计算机科学而享誉世界。相对而言，哈佛的学生更为正统，有才华、有能力，出了许多政治家和诺贝尔奖获得者。而MIT却聚集了一批世界上最聪明的人，发明了无数令人称奇的产品。例如建筑，国防部五角大楼就是MIT杰作，即使其中一个角被袭击严重破损，其他四个角仍照常使用，而成功登月的四位美国宇航员全部毕业于MIT。

哈佛与MIT之间一直存在着友好的竞争，两所学校有很多合作的研讨会和项目。实际上，哈佛和MIT的学生可以在对方学校注册，而不需增加学费，获得的学分也被各自的学校承认。哈佛与MIT的关系颇似中国北大和清华的微妙关系，而在哈佛和MIT的中国留学生中，来自北大和清华的学生最多。

曾经我以为，成功就是上最好的大学，做别人羡慕的工作，挣很多钱，找一个爱人陪伴，然后衣食无忧地过完一生。因为我们大多数都是普通人，如何在日复一日年复一年的疲惫生活里坚持自己的梦想，不忘初心，不失尊严，这才是最重要的。这是我在美国大学读书时，除了书本以外我学会的最宝贵的人生一课，一种不狭隘的价值观。后来我认为，这世上最成功的人，就是能够用自己喜欢的方式度过自己的一生。

下午，我沿着自由之路，踏着红砖路线，连地图都不用看，从波士顿公园一直到邦克山纪念碑，这里的历史意义多过风景意义。在查尔斯河边，享受着蓝天白云风和日丽的美景时，我还是应该介绍一下自由之路。作为美国的历史文化中心，波士顿曾是美国独立战争的暴风眼，"波士顿倾茶事件"和"独立战争第一枪"都与这座城市有关，而美国人民争取独立走向自由的这段历史就被"自由之路"所镌刻。

这是一条由红砖铺成的道路，起点始于美国最古老的波士顿公园，全长 2.5 英里，将波士顿全部 16 处历史文化遗迹像珍珠项链一般串联起来，只要跟着这条"红线"走，你就不会迷路。漫步于"自由之路"，你会看到金顶的马萨诸塞议会大厦、古旧的国王礼拜堂和以美食闻名的昆西市场，还可以看到 17、18 世纪的房舍、教堂和美国独立战争遗址等 16 个著名景点，这里也是波士顿历史发展的重要之路。所以人们常说，自由之路是认识波士顿的最好起点，沿途的历史遗迹仿佛在带领你亲眼见证那个年代人们迈向自由的艰辛。

如果把纽约比作上海，那么波士顿大概就像杭州，离得不远，但是感觉却是隔了一层天地，作为一个历史文化名城，它有着自己独特的魅力。有人说，波士顿不是那种你第一眼就会爱上它的城市，但是当你在这里的古老街道里漫步过，在一览无遗的观景台上眺望过，在藏品丰富的美术馆里欣赏过，在古朴典雅的大学校园里流连忘返过，在静谧浪漫的海湾边吹过海风，在蔚蓝的天空下发呆过，当你离开的时候，你的心里一定会带有深深的不舍。我想，我能和你分享的，不仅是关于漫步在波士顿校园文化中的慢时光。

樱花烂漫的华盛顿

　　我来美国两年后，才在樱花烂漫的季节里第一次去华盛顿。但其实想了解一个国家，最直观的方法莫过于去他的首都。如果说纽约是美洲大陆上风姿绰约的时尚女郎，那么华盛顿就是一位西装革履运筹帷幄目光犀利而沉稳的政治家。

　　说起樱花，很多人都会自然而然地想到日本，却忘了在大洋彼岸也有一处在春日里樱花遍地的绝美城市——美国首都华盛顿。华盛顿的樱花树见证了美国与日本关系一百年来的发展，日本多次赠送给美国樱花树以表明日本希望促进和平发展国际友好关系。第一次赠送的 2000 多棵树因为病虫关系被销毁了，现在华盛顿有大约 3000 多棵樱花树，其中有两棵来自 1921 年长尾崎幸雄赠送的，这两棵樱花树已经有近 100 年的树龄。

　　樱花花期短暂，只有半个多月左右的时间，因此无论在哪一个赏樱目的地，人们都很珍惜樱花开放的时间。华盛顿也非常重视樱花时节的这一盛事，每年都会特意举办

华盛顿的樱花

盛大的"国家樱花节"。每年3月底到4月中旬,华盛顿樱花节华丽登场,3000多株樱花缤纷怒放,一条平日里普通的道路也显得格外璀璨亮丽。若与相爱之人牵手漫步于河岸,感受粉红花瓣无声息地轻落在肩上,真是一场最浪漫不过的约会。在这里,还可选择乘坐赏樱游船,将两岸的樱花盛景尽收眼底。沿途还会看见五角大楼、华盛顿纪念碑、美国空军纪念碑等著名建筑,从更广阔的视角欣赏这座首都城市。

樱花节期间除了欣赏樱花盛景外,还有各种庆祝活动,烟火秀、大游行等活动陆续举行,为华盛顿樱花节平添了许多风情。很多美国人约上朋友,带上野餐,在阳光灿烂的舒适天气中投身于那粉色世界营造的浪漫气氛中,而来自全世界的游人都会被这绚烂的美景所陶醉。

"雾绡曳轻裾，神光乍离合。"吕贞白的《樱花》中把樱花比作人生的际遇，文人多爱把樱花比作流失的青春，都是一去难留、瞬间即逝的哀愁，未免都是昙花一现。而苏曼殊的《樱花落》中"十日樱花作意开，绕花岂惜日千回"却写出了欣赏樱花盛开时绕花千回的畅意。

我的第一次华盛顿之行，安排在了樱花浪漫的季节。我的日本、韩国还有菲律宾朋友一行九人约好了周末从纽约乘 Megabus 去华盛顿看樱花。现在想想，生命中遇到的那些朋友，如果你们曾经有过一次旅行，哪怕几十年不联系，有那么一天，当你想起那座城，那些曾经和你一起在路上的朋友，你永远都不会忘记。那些跟我曾经去看过华盛顿浪漫樱花的朋友因为我回国后，Facebook 还有什么 Gmail 邮箱都不能继续使用，基本早已失联，但在那个樱花烂漫的季节，他们一直都在我的记忆中。

潮汐湖，位于国家广场西南，因波多马克河流经华盛顿特区一片低洼地形成。湖畔栽种着最早的那两颗樱花树已近百年，如今波多马克河两旁已是数千株樱花树摇曳生姿。这里的吉野樱花花朵大，且先开花后长叶，观赏效果非常好。潮汐湖风景优美，湖水极清，樱花节时来此赏樱，在唯美的景致中仿若画中游。从国家广场隔潮汐湖相望，便是宁静典雅的杰斐逊纪念堂。湖中亦可泛舟。

杰斐逊纪念堂是一座高 96 英尺的白色大理石建筑，

左 / 杰斐逊纪念堂，右 / 白宫

　　为纪念美国第三任总统托马斯·杰斐逊而建，并按杰斐逊喜爱的罗马神殿式圆顶建筑风格设计。杰斐逊是《美国独立宣言》和《弗吉尼亚宗教自由法案》的主要起草人，也是美利坚合众国的缔造者之一。每年樱花季，纪念馆旁的潮汐湖畔樱花盛开，片片花瓣随风飘散，在蔚蓝的天空下，明净的湖水映衬着纪念馆的倒影，景色十分雅致迷人。

　　一说到华盛顿特区，大家心中浮现的一定是气势恢宏的美国总统官邸白宫（White House），这个掌控美国、牵动全球政经活动的白色建筑，不仅在历史上占有举足轻重的地位，更是每个人来到华盛顿特区非去不可的景点之一。"白宫"这个名称确立于1901年"老罗斯福"总统——西奥多·罗斯福，当时他在信纸上头印了"The White House"字样后，就此确定了"白宫"一词。白宫是一幢白色的新古典风格的砂岩建筑，普通游客参观点无论从前面还是后面看都离白宫非常遥远，后面看相比较来说还更近些，毕竟是美国总统居住和办公的地点。到这里除了跟白宫远远地合照，留下到此一游的证据外，还可通过官网申请进入白宫参观，不过其等待时间之久或是否会被批准的不确定性，或许会让你不再有兴趣选择进入白宫参观。

国际广场（National Mall）是位于华盛顿特区的一处开放型公园。该广场由数片绿地组成，一直从林肯纪念堂延伸到国会大厦，这里是美国国家庆典和仪式的首选，同时也是美国历史上重大示威游行、民权演说的重要场地。

广场东面的华盛顿纪念碑，是为纪念美国首任总统乔治·华盛顿而建造的。纪念碑位于华盛顿市中心，在国会大厦、林肯纪念堂的轴线上，纪念碑采用大理石建成，呈四方形金字塔式小尖顶，底部宽 22.4 米，碑高 169 米多。虽然整个碑身没有一个文字，却仿佛在告诉人们，华盛顿一生的伟业是难以用文字表达的，无字丰碑早已胜过千言万语。纪念碑内有 50 层铁梯，也有 70 秒到顶端的高速电梯，登顶后可通过小窗眺望华盛顿全城、弗吉尼亚州、马里兰州和波多马克河。纪念碑内墙镶嵌着 188 块由全球各国捐赠的纪念石，其中一块刻有中文的纪念石是清政府赠送的。华盛顿没有高楼大厦，此纪念碑是华盛顿最高的建筑物，游客无论以何种交通工具、从任何方向来到华

华盛顿纪念碑及
纪念碑前的广场

盛顿，首先映入眼帘的就是这座雄伟的纪念碑。

　　广场的正西面是林肯纪念堂。它是为纪念美国总统林肯而设立的纪念堂，还特别选在林肯遇刺后50年的冥诞动工，整座建筑仿古希腊巴特农神庙式构建，用了36根白色的大理石圆柱环绕纪念堂，象征林肯在位时划分的36个州。进入纪念堂，它的正厅中央放置一尊汉白玉亚伯拉罕·林肯坐像，供人们瞻仰，雕像上方题词写着"林肯将永垂不朽，永存人民心里"。

在纪念堂台阶下，向华盛顿纪念碑延伸，还配套建成了约 610 米长的反思池。在林肯纪念堂前东望，反思池正好倒映出华盛顿纪念碑长长的碑身，看起来更加顶天立地、雄伟壮观。从华盛顿纪念碑向西望，同样可以发现洁白的林肯纪念堂倒影在水中，更加神圣庄严。从纪念堂落成之日起，每年 2 月的"总统纪念日"，在林肯纪念堂台阶上都要举行纪念仪式，仪式的重要内容之一是朗读《葛底斯堡演说》。由于林肯为人类平等作出的巨大贡献，洁白的林肯纪念堂自落成之日，就成为民权运动的圣地。1963 年 8 月 23 日，20 万人在林肯纪念堂东阶外举行和平集会，著名的民权运动领袖黑人牧师马丁·路德·金在纪念堂东台阶上发表了《我有一个梦》的著名演说。很多影视剧中，也经常选此地作为场景。比如，在《阿甘正传》中，阿甘便是在此参加反越战的集会，并和自己的女神珍妮在反思池中相聚拥抱。

一个国家，不论历史有多久，翻开这个国家的历史书，几乎都书写着两个字——战争。美国自独立战争以前满满的都是战争，之后又是美英战争、美法战争、美西战争、南北战争以及第一次第二次世界大战、韩战、越战、海湾战争、阿富汗战争、伊拉克战争等等，不胜枚举。战争带

来的伤痛是历史的印记，人们不断建造纪念碑来纪念逝去的先辈，可杀戮和死亡从未停止过。在美国这样的国家，在华盛顿特区政治中心，越战纪念碑显得尤为讽刺。在美国的很多战争中，给美国平民留下心灵创伤最重的无疑就是越战。

　　多数中国人对越战并不是很了解，就算知道美国越战的中国人，多数人的认识仅仅停留在美国越战纪念碑的设计者是华裔林璎女士这一点上，她是林徽因的侄女，天生富有艺术细胞，设计这座纪念碑时，林璎才二十一岁，可以说才华横溢,其作品从一千四百多名应征者中脱颖而出,两次被评委一致选中。但因为身份的关系,在纪念碑落成仪式上甚至没有被提到名字。

纪念碑的两头浅,中间深,由黑色大理石组成,没有碑文,没有英雄形象,没有任何修饰,从头至尾镌刻着五万多阵亡将士的名字,纪念碑成宽阔的 V 字形,东翼指着华盛顿纪念碑,西翼指着林肯纪念堂。顺着纪念碑慢慢走下去,名字慢慢增加,你眼睛的余光里也满是阵亡将士的名字,置身在这些阵亡者名字中间,感觉犹如在战场上一样,炮火在头顶纷飞,脚下的路像一道战壕,而你是一个幸存者,思考着战争和人生的意义。林璎曾说:"当你沿着斜坡而下,望着两面黑得发光的花岗岩墙体,犹如在阅读一本叙述越南战争历史的书。"

美国韩战纪念碑,"韩战"就是"朝鲜战争"。"朝鲜战争"中国志愿军跨过鸭绿江,抗美援朝,保家卫国。在抗美援朝战争中,中国军队的表现让世界刮目相看。从美国"韩战纪念碑"战士群雕的面部表情上,就能看到那场战争在美国人心中留下的阴影。对于美国人来说,"韩战"是让他们心有余悸的战争记忆。

在华盛顿中心点的美国国会大厦是国会办公大楼,以大理石建成,中央穹顶仿照巴黎万神庙,居高临下,是华盛顿最美丽、最壮观的建筑之一。此外,在中心大圆顶的

韩战纪念碑战士群雕

上面，立着一座青铜制成的"自由雕像"，成为当地极具
代表性的地标。国会大厦1793年9月18日由华盛顿总
统亲自奠基，1800年投入使用。1814年第二次美英战
争期间被英国人焚烧，部分建筑被毁。后来增建了参众两
院会议室、圆形屋顶和圆形大厅，并多次改建和扩建。国
会大厦东面的大草坪是历届总统举行就职典礼的地方。站
在大草坪上看去，国会大厦圆顶之下的圆柱式门廊气势宏
伟，门廊内的3座铜质"哥伦布门"，质地厚重，其上雕
有哥伦布发现新大陆的浮雕，大门内即为国会大厦的圆形

大厅。在圆形大厅，可以看到美国政治的缩影。

　　来到人文荟萃的华盛顿特区，博物馆当然不容错过。华府的博物馆大多不收费，就算没兴趣看展品的人，冬天到馆内避寒风、夏天进去吹冷气也不错。国立自然历史博物馆，加上地下一层一共四层，但用于参观的只有一楼和二楼，地下一层是餐厅和纪念品店，三楼是工作人员的办公室。一层最主要的是哺乳动物馆（标本）、人类起源馆、海洋馆、非洲之声馆，还有一个化石馆。二层的展馆相对都比较小一些，最大的是地质馆和宝石矿石馆，除此之外还有蝴蝶馆、木乃伊馆、骨骼馆、美国恐龙馆、韩国馆和各种特别展览。如果要仔仔细细地看下来，花上半天甚至一天都是有可能的，但时间有限的情况下两个小时之内也是可以把主要展览看完的。

　　从博物馆出来，大家都觉得饥肠辘辘了，先去附近解决了温饱问题，然后才去 Megabus 车站返回纽约。

　　我曾沉醉在纽约的纸醉金迷里，沐浴在加州的冬日暖阳里，迷失在拉斯维加斯的霓虹灯里，彷徨在芝加哥的密歇根湖畔，躺在迈阿密海边被风吹散头发，沉睡在波士顿校园的长椅上，华盛顿之旅让我陶醉在那里的樱花烂漫里……

NBA 的记忆

在美国第一次去现场看NBA是在纽约Madison Square Garden，纽约尼克斯队与新泽西蓝网队的一场季前赛。订票时，这场比赛有两个中国球员，尼克斯队孙悦和蓝网队易建联，但开赛前一周看到新闻说孙悦被尼克斯队交易了，本想看看两个中国球员效力于不同的球队在纽约对阵，让我们感受一下两个队都有中国同胞在场上的感觉，看到那个新闻心中有些遗憾。

Madison Square Garden 的 NBA 球场，虽然没有那么豪华，但是足够大。进入球场很容易，没有想象的那么严格，甚至没北京的地铁安检严。我们进入球场时，上到第四层的时候，我和同学们明显感觉电梯的人越来越少，才发现我们坐的是高层，电梯到了七层才停下。不过，一想我们的票价也只能坐在最高一层了。

比赛现场的气氛非常好，火爆热辣的篮球宝贝，在表演时相当卖力。暂停休息时，摄像机会到处拍观众，只要你打扮得足够吸引眼球，摄像机一定会拍你，而且为了转播效果好，摄像机旁边会有导演，带着观众表演，现场热闹非凡。中场休息时，会有小游戏，比如抢沙发、猜图片、瞎子找球等，反正不会让观众闲着，不会让你有无聊等待的感觉。

整场比赛气氛最高的时刻不是打球的时候，而是中场休息时，他们安排了一个黑人小男孩在通道口跳舞，这孩子模仿了四个比较有名的歌星，而我能叫上名字的只有迈克·杰克逊。这个男孩非常有天赋，跳得非常好，大屏幕一边在放这孩子跳舞，一边会穿插他模仿的那些明星们的视频，其模仿得非常生动，全场几乎沸腾了，就连比赛开始后，人们还没有把那个兴奋劲儿转回到比赛现场。

我在美国看的第二场 NBA 是在洛杉矶的 Staples Center 看科比主场对小牛队，朋友的公司是 NBA 的赞助商，我们的票不仅免费，而且还是贵宾票，有免费的停车位，我就坐在第七排，但是很遗憾那场比赛中国没有转播，所以虽然我离得很近，但远在中国的老爸却无法在电视里找到我。

Staples Center 的豪华程度比纽约的 Madison Square Garden 球场又上了一个台阶，据说迈克·杰克逊的追思会以及洛杉矶的许多重大活动都在这里举行，洛杉矶球迷的专业程度也比纽约球迷更高，满眼都是各种颜色的 24 号球衣，有情侣装、有家庭装，球场基本座无虚席。

NBA 充分考虑球迷的观看需求，只要不是长焦的镜

洛杉矶 Staples
Center 的 NBA 现场

头相机，都可以随意带入并且在比赛中拍照。看台上的很
多人一边啃着麦当劳，一边观看精彩的比赛，我也充分体
验了一把美国的本土文化。除了精彩的比赛之外，比赛间
隙美女啦啦队的表演足以让全场沸腾。球迷参与的活动也

穿插其中，其中最精彩的莫过于 Camera Show，镜头随机捕捉现场观众，有一些可能正在低头沉思，有一些人可能正在挥舞手臂呐喊，有一些人可能正聚精会神地看比赛。

我坐在第七排离球场很近，能看清科比的脸。科比本人真的很酷很帅，几个远投三分，出人意料的身后传球，让我看到他比电视镜头里更酷更帅的样子，难怪全世界有那么多他的球迷。Staples Center 的 NBA 比赛算是让我看了一场真正的比赛。

第三次看 NBA，还是在麦迪逊广场。因为麦迪的到来，对纽约的球迷来说还是一大亮点，到了 Madison Square Garden 门口才发现人非常多，毕竟常规赛也没几场了。据说自从麦迪来纽约后，基本每场都爆满。在 Madison Square Garden 门口我还发看到了很多美国的黄牛党，在那里叫卖着门票。

关于 NBA 的现场感受，这场比赛可以算是三次当中最精彩的了。第一次看纽约尼克斯和新泽西蓝网队，主要是看见了易建联，但双方的比赛打的叫一个稀烂。第二次在洛杉矶看到了湖人对阵小牛队，那里可谓是明星云集，但那天小牛发挥失常，客场以差距 30 多分输给了湖人，球场上虽然比第一次精彩了不少，但这种没有悬念的比赛根本就不想看第四节了。这次唯一遗憾的就是麦迪没上场，不过我清晰地看到他在场边坐着。

　　而比赛是如何的精彩，我们还是来看看比分吧。比赛到最后50秒，本以为没什么悬念了，因为老鹰今天的三分投得很差，全场也就三个三分球，而尼克斯这场比赛大概有13个三分球吧。所以认为尼克斯能赢这最后的50秒。但戏剧性发生了，最后的10秒，比分成了99比98分，场上观众都全体起立了，那场面真的是激动人心，不看现场，看电视这辈子也感受不到现场的气氛。

　　老鹰队抢到后场篮板，迅速撤回，在最后的1.3秒时比分还是99比98呢，但在压哨的那一刹那投球了，球进了。全场观众欢呼，因为是尼克斯主场，所以大部分是尼克斯的球迷，一看比赛结束还是99比98，认定是尼克斯赢了。伴随着全场的欢呼声，比分由99变成了100，这样就是说老鹰最后那个压哨球是有效的，那么就是说尼克斯队输了，全场观众都傻了，几秒钟之内又由喜变悲，大家似乎不甘心还在看着大屏幕，并没有人因为比赛结束而离开。1分钟后，大屏幕又动，比分又从99比100变成了99比98分，据通知说是裁判又看了录像认定最后那个球不算，不知道是真不算，还是因为尼克斯主场，反正全场又再次沸腾了。

　　我在美国时，看过最多的体育比赛就是NBA了，因为其他美国人的体育比赛我也不懂。我看NBA的原因其实有很大成分是帮父亲看的，因为我了解NBA球员都是

因为父亲是一个痴迷的 NBA 球迷，他不仅每场不落地看
NBA，甚至是每场重播都不落过，他的这种热爱让我佩
服之极。

我初到美国时，我心中一直有一个愿望就是有一天带
父亲去美国看一次 NBA 现场。但他总说："哪里也没中
国好，我是中国人不去美国，看球赛可以在电视上看就可
以了。"其实我知道父亲是不想给我太多压力，不愿意花
钱而已。

但我作为一个亲临 NBA 现场五次之多的非球迷，我
只是一个看热闹的，也觉得现场比电视有意思多了，至少
可以看到开球前非常庄严的仪式，哪怕 NBA 在美国人民
心中并非主流赛事，但篮球宝贝串场的火辣像模像样，现
场观众的鼓掌和起哄还是热闹非凡……

后来，就算我在美国有了工作，但至今也没有实现带
父亲去看 NBA 现场的愿望，随着父亲年龄越来越大，估
计今后这个愿望更难以实现。

从乔丹时代再到科比时代的结束，似乎也埋葬了我的
一个心愿。美国时的生活，虽然苦闷至极，但给我一生的
财富绝对不止那一张文凭，那段无聊绝望又驴行天下的经
历给我带来了不同的人生。

加勒比海的 Cruise 之旅（上）

　　窗外，又飘着雪，今日纽约会持续大雪，而我最喜欢纽约下这样的大雪了。

　　那一年冬天，纽约几乎每周都是暴雪，整个冬天我一人孤独寂寞冷地待在这里，没有旅行，没有上课，没有工作，有时候一个星期都不下楼。那一年，大年三十开学上课上到半夜，父亲的那句话，足够我感动一生，我的父母一直没有期望我成为最优秀的人，他们却一直希望我成为最快乐的人；孤独的我在那个冬天写下了许多文字，看了很多电影，留下了很多回忆；无聊的我学做了很多种我想吃的中国菜，可悲的我独自吃了一个冬天的饭；寂寞的我听过很多音乐，流过一些泪；也是熬过了那个寒冷的冬天，我才迎来了毕业的春天，我才在华尔街找到了一份工作。而这个冬天我还在纽约，享受了完美的加勒比海之旅，也躲过了北京几次爆表式的雾霾。

　　我从南美洲回来已有十天，因为坐 Cruise 的旅行太美好了，因为南美洲的小岛太美丽了，因为 8 天海上之旅太 high 了，我总想把此次旅行写得完整，写得真实，写得让你们有身临其境的感觉，但越是想写一篇轰轰烈烈酣畅淋漓的文章，越是感觉无从下笔。

　　1月4日，我跟干妈从纽约飞往迈阿密登船。刚下飞机我就开始兴奋，因为纽约前一天下了一天的大雪，到处都是冰天雪地的，而迈阿密虽然不是太热，但也是美国的南方，犹如中国海南的三亚一样，热带风情，椰子树、沙滩服、人字拖……迈阿密机场随处可见身穿迪士尼服饰的小朋友们，不知她们是刚从离迈阿密几小时车程的迪士尼回来，还是才准备过去玩，反正就是各种游客。我兴奋，是因为到了这里看到了美丽的沙滩上人来人往，安静的港湾里停靠着小小的帆船，还有大大的邮轮，椰子树像是港湾的哨兵，都直挺挺地站在那里，似乎是做好随时迎接飓风的准备。

　　下飞机后，在机场顺利办理了登船手续，并提前一小时上船了。吃完饭，我们开始熟悉船上的环境。整个邮轮共14层，0层以下是船上的工作人员住，一层二层是客房。我们订的是中等价位的 maindeck 房间。

　　三层是大厅，中心有一个小 bar，和一个开放式的演出台和舞池，周围有许多座椅，每天都有不同乐队的乐手在唱歌，舞池里总有小朋友在欢快地跳舞，偶尔有华尔兹的曲子，也会有几对中年人过来跳舞，而那些年纪稍大一点的老人则是安静地坐在椅子上，给来来往往的人们捧场。

游轮及游轮上的大厅和剧院

大厅的左手边是一个剧院，是三层四层五层全通的一个阶梯式的剧院，大概能容纳 1000 人左右。船上比较主要的几场 show 都是在这里演出的。大厅的右手边是餐厅，三层四层也是连通的阶梯式餐厅，我们订的房型是在这个餐厅用晚餐，船上的 7 天晚上我们都可以在这里用餐。

四层除了与三层连通的餐厅和剧院，还有一个卖纪念品和一些日常用品的商店。商店旁边是一个体育赛事厅，有很多 TV，为方便球迷在船上看赛事。商店对面则是照相的地方，从我们上船时，还有每天下船时都会有人给你免费拍照，第二天你就可以来这里选照片，觉得好就买，觉得不好也没人会强迫你。其他时间，如果你想在船上照相，可以找他们的工作人员在船上不同的地方拍不同风格的照片。

五层还有另外一个小餐厅，是房型最好的客人在一起用餐的餐厅。此外还有一个免税店，卖各种首饰和化妆品。免税店旁边是赌场，老虎机、21 点、骰子等，每天晚上这里也是人最多和最热闹的地方。

在赌场的最左边有一个小型演出场所，每晚都有四个亚裔模样的人在这里弹唱。船上其实有很多乐队和不同风格的音乐，但我最喜欢的还是这支乐队的音乐。键盘手是个欢快热烈的中年男人，吉他手的弹唱功力非常了得，就在我下船的最后一天，他们的那首 *smooth* 是那个大雪纷飞的纽约的冬天，我独自听过次数最多的歌，而 *Friends* 也是我看过次数最多的美剧，我曾经无数次笑到肚子疼，也会莫名其妙地感动到哭。而当我漂在公海上，再次听这首熟悉又好听的歌，情不自禁地泪流满面……

五层还有其他不同类型的 bar，有一个 bar 中间是一架钢琴，整个 bar 的色调是黑白色，总有一些年轻人围着那架钢琴喝着各种酒，聊着各种天。在美国，单身若想社交，最好的方式就是去 bar，那里很少会有戴戒指的人出现。六层至八层全是带阳台的房间。九层是自助餐区，分好几个餐区，各个餐区的自助口味也不一样。自助从早晨六点就开始了，根据游客上船下船的时间按不同时段提供丰富的自助餐，但比萨汉堡则是 24 小时免费供应。九层也有几个是单独收费的高档餐厅。餐厅两头都是室外泳池，船头那边还有室外大屏幕电影，白天有很多美国人在这里游泳晒太阳，我和干妈都怕晒，基本是晚上人们都散去了，我们才在月光皎洁的夜晚，看着加勒比海上的满天星空，躺在露天的池子里泡温泉。

十层有一个健身房和一个 spa 区，spa 区的项目除了蒸桑拿是免费的，其他美容按摩都是收费。十一层并不是整层，只是在船的中心有一部分，这里是一个小型室外活动场所，可以打篮球、乒乓球、网球、高尔夫球等，还有一个绕圈的跑道。据我观察，船上除了没有亚洲人最喜欢的卡拉 ok 以外，其他的娱乐设施一应俱全。

加勒比海的 *Cruise* 之旅（下）

　　我们在船上共计八天七夜，第一天上船已是下午了，我在船上溜达了一下，适应了一下环境，准备好第二天一早7点下船到巴哈马的首都拿骚。

　　巴哈马，正式名称巴哈马联邦，是一位于大西洋西岸的岛国，地处美国佛罗里达州以东，古巴和加勒比海以北。巴哈马群岛是西印度群岛的三个群岛之一，群岛由西北向东南延伸，长1220公里，宽96公里。巴哈马包含700座岛屿和2000多个珊瑚礁，主要岛屿有安德罗斯岛、伊鲁萨拉岛、大巴哈马岛、海港岛、拿骚、天堂岛，其中只有20余个岛屿有人居住。巴哈马为英联邦成员国，沿用英国的政治体制，实行君主立宪制，官方语言是英文。

　　拿骚是巴哈马的首都，在这里可以体验当地各种各样的风俗文化。天堂岛有巴哈马最著名的旅游景点——亚特兰蒂斯。海港岛有世界上独一无二的粉色沙滩。还有猪岛（Pig Beach），那里真的有传说中的会游泳的猪。

　　拿骚市中心有条最富有历史感的街道——港湾街。还没有天安门到王府井远，可以逛的地方实在不多。英国乔

巴哈马海边

治王时代的浅色建筑和造型奇特的木制办公公寓及店铺，错落有致地分布在街道两旁。你可以悠闲地坐在萨里式游览马车上，一边欣赏沿途而过的风景，一边聆听车夫讲述当地的轶事奇闻，一路上，您会看到数不清的历史遗址，古老的城堡，还有专为女王手工雕刻的楼梯。

巴哈马的人相当慵懒，普通的公司早晨 10 点半才开门，下午 4 点就下班，银行下午 3 点就下班，只有超市营业到晚上，大部分商店星期天都不开门，国家政府财政收入全靠旅游，因为人口只有 30 万人，所以当地人没有经济压力，来这里的外来游客比本地人还多，全靠旅游带动经济。

这里曾经是一个非常破烂不堪的小镇，甚至连真正的房子都没有。但是拿骚却见证了历史上海盗的黄金时期。作为当时加勒比海域最强大的海盗集团，这里出现了历史上很多非常有名的海盗首领，比如 Calico Jack、Rackham、Anne Bonny 和黑胡子。一直到 1725 年英国政府特派伍德·罗杰斯来此"剿匪"，这里的海盗团伙才慢慢消失。所以拿骚岛的格言为"消灭海盗——振兴经济"。

巴哈马的海域有数不清的岛屿和礁石，密布的沙洲和海峡，为海盗船提供了极好的藏身之所，加上这里又靠近繁忙航道，是商船往来新旧大陆必经之地，因此，更为海盗所垂青。

巴哈马有着悠久的"海盗文化"，好莱坞的大片《加勒比海盗》的电影也取景于此。《加勒比海盗》系列曾在全球掀起了一阵海盗热潮，杰克船长彻底颠覆了海盗在人们心中固有的印象。杰克的一身疯癫痞子气，加上幽默风趣的举止谈吐，让海盗这个群体短暂告别了抢夺和杀戮。影片中浓浓的热带海滩风情更成为怂恿观众们过一把海盗瘾的最后一根稻草。虽说《加勒比海盗》是虚构的故事，但好莱坞商业化的电影总是有据可循，电影的故事背景正是拿骚时代的海盗生活。拿骚有一个海盗博物馆，虽然我到了门口，但那天在沙滩上玩的时间太长，快到上船时间了，所以就没时间再进去看看海盗博物馆了，但博物馆门口和路两侧则全是与海盗有关的摆设，有兴趣的朋友下次到了拿骚，可以进海盗博物馆看看。

从巴哈马上船的晚上，是船长迎新，大家用晚餐时都需要身着正装出席，男士都是衬衫，女士都是礼服，包括小朋友们都穿得很正式，作为船上并不多见的亚洲女性，我跟干妈的旗袍引来了很多人的侧目和赞美。

拿骚海盗博物馆

　　第三天我们一天漂在公海上，我和干妈没事就开始换衣服照相，一天换了四套衣服在各层的每个角落到处拍照。到下午时，我带的比基尼终于派上用场了，在顶层的泳池里游了几下，就选择坐在旁边的酒吧欣赏来来往往的人，也颇有意思。晚上，乘着月色，在船航行在公海上时，看着浩瀚漆黑一片的大海，深邃的天空，星星眨着，我们躺在温泉池里享受着海上的寂静。

　　第四天去了圣托马斯，那个世界top10的沙滩真的是美到爆，以致后来很多年我对于东南亚的小岛根本不感兴趣。圣托马斯是属于加勒比海美国岛屿。这里几乎是每个到加勒比海游轮的必停之处，不仅仅因为它是加勒比海的门户，还因为是美国海外领地维京群岛中的主要大岛。圣托马斯岛上的梅根湾号称是全球最美的海湾之一，用最美海湾可能还不够具体，这么说吧，梅根湾被许多旅游杂志评为全球十大最佳沙滩之一，美国富豪十大度假胜地之一，被很多旅行家赞誉为加勒比海最美的海滩，而这里最特别的是海滩的海岸线呈现"心形"，全球应该是独一无二。

梅根湾

　　梅根湾的沙滩在一处海湾内，虽然冬季在大西洋风暴的影响下会有较大的波浪，但因为处于海湾内，使这一处的水域在平常的时候都是比较平静的。我在梅根湾沙滩都不觉得是在海边，这里更像是在一个巨大的天然游泳池，海水静谧、海浪小得几乎没有感觉。梅根海滩能跻身全球十大海滩，除了静谧得出奇的海水、细软洁白的沙滩、蔚蓝的海水、宜人的气候之外，还有一般沙滩罕有的自然天成的浪漫氛围，这里的小鱼很多，多到在海水与沙滩的交界处都能看到密密麻麻的鱼群，在这里也是我平生第一次见到这样"被海浪拍上沙滩的鱼群"。

　　有趣的是，圣托马斯岛南部的海湾是加勒比海，北部的海湾却是大西洋海湾。环岛大大小小分布着几十个海湾，每一个都是碧水蓝天、细白柔软的沙滩、背靠翠绿的热带

圣托马斯岛

森林，犹如天堂一般。而梅根湾沙滩是圣托马斯岛中最长、最宽的一个，最适合游客在这里享受风平浪静的阳光沙滩。

第五天，我到了波多黎各，这里有可能将是美国第51个州。波多黎各是加勒比海上的一颗璀璨的明珠。之所以璀璨，因为这是美国领土上唯一有异域风情的地方。直到一百多年前的美西战争，这里一直是西班牙领土。西班牙如此垂青于此，因为在大航海时代，大西洋上的东风正是从欧洲吹向波多黎各，而非如今的美国加拿大一带，这阵风吹来了哥伦布的地理大发现，吹来了血腥的征服，也吹来了今日独特的新大陆文明。

圣胡安（San Juan），从地图上可以看到是波多黎各北方门户的一个小岛，所有从欧洲航行过来的船的终点。其西侧的海湾，则是始终狂风大作的大西洋上的天然避风

上及下左二／自圣胡安古城眺望大西洋，其余为波多黎各街头建筑

　　港。作为这个避风港的门户，圣胡安曾是西班牙的掌上明珠。在老城西北的海角，一座坚固的堡垒 El Morro 守护着避风港的门户。此要塞坚不可摧，然而敌人却可能从岛的另一侧登陆，攻克老城再围困这里。于是西班牙人在老城另一侧又建了 San Cristobal 来防御陆路，全城再以城墙保护。

　　在这里似乎处处都是故事。城墙边上有个不起眼的雕像，描绘的是1794年英军围困圣胡安期间，城中断水断粮，

圣胡安古城

男女老幼在主教的带领下举着火把夜行祈祷，在海上远望的英军误以为西班牙援军到来从而撤军的故事。

如今，这曾经壁垒森严之地，早已成了来自世界各地的游客晒太阳最佳地点，层层防御之下的圣胡安老城，也是一派欢乐祥和。小巷深处或小广场上，随时有欢乐的人群载歌载舞，狭窄的石板路陡坡，鲜艳的老房子，无一不透露些许南欧的气息。

除了满载着历史和异域风情的圣胡安，波多黎各还有两大看点。正宗的热带雨林，和闻名世界的荧光海滩。El

Yunque 是美国国家森林里唯一的热带雨林。热带雨林的
特色是盘根错节，绵延不绝，空气中弥漫着潮湿而清新的
味道。若你想看在无数"此生必去的 N 个地方"出现过
的荧光海滩，请记得至少需要两天时间到 Vieques 岛，
并在月黑风高之夜前往，下雨时的效果更好。所谓荧光海
滩，发光的是水中的微生物，且有外界扰动时才会发光。
我只在波多黎各停留一天，因此，只去了圣胡安老城和热
带雨林，没有时间去 Vieques 岛上看荧光海滩，据去过
的朋友讲他并没有看到，因为荧光海滩也并不是每晚都能
看到，那真是需要拼人品还得有专业设备才能拍出网上流
传的那些美片。

　　第六天我下船的地方是大特克岛，加勒比海之游的最
后一个岛屿，一个只有 5500 人的小岛，曾经是英属岛屿。
9 点多钟游轮开始靠岸，我站在阳台上，看到这里迷人的
沙滩，醉人的海水，诱人的椰树，又是一个美丽得令人窒
息的小岛。大特克岛还真是一个"名不见经传"的小岛，
搜遍百度，除了其为英国属地的词条外，它的占地面积、
历史沿革、立法机构、语言货币、政党经济等信息全无。
据司机介绍，大特克岛上居民以制盐为生，现在旅游业是
支柱产业，每月进港游轮四十多艘，和美国联系紧密，岛
上的居民去美国免签证。

　　下船后，坐公共汽车大约 15 分钟可以到达岛中心，

大特克岛

一路上有清澈见底的海滩、郁郁葱葱的小路、纯白色的沙滩。在海岸线的不远处有着丰富的海洋资源，蔚蓝色的海洋中浮潜就可以看到原始的珊瑚，五颜六色的热带鱼，海滩上随手便可拾到美丽洁净的贝壳。大特克岛是一个非常美丽的海边乡村，岛中心的老城就在海边，这里坐落着几栋色泽鲜艳、造型别致的小房子，在碧蓝天空的映照下，充满了活力，旁边有当地居民兜售一些劣质的纪念品和服饰。

第七天在船上，享受加勒比海之旅最后的时光，吃饭，看书，发呆，看日落，晚餐还是正装出席船长的答谢晚宴。晚餐过后还看了一场精彩的 show，然后依依不舍地收拾着行囊做着第二天下船的准备。

Cruise 的鼻祖可能是 1912 年沉落的泰坦尼克号。因此，对泰坦尼克号有情结的朋友，可以来美国坐 Cruise，各种不同级别的游轮公司提供不同级别的服务，各种聚会各种 high，没准真的能让你在船上遇到你生命中的 Jack。想要了解 Cruise 旅行的朋友们，推荐两部电影《泰坦尼克号》和《海上钢琴师》，或者想了解海上生活的可以看看《加勒比海盗》，虽然这些电影和船上生活离得有些远，但都是些很好看的电影。

而我，并没有在加勒比海上遇到 Jack，也没有被海盗掠走，伴着那首好听得让我泪流满面的 smooth，在那个月光皎洁数星星的夜晚，我从加勒比海上回来了。

纽约，我爱你

纽约，我爱你。

这句话有些像"北京欢迎你"一样是一句城市标语。两年前，我带着恐惧和无知来到了这个城市。两年过去了，我也常常在想大概没有比《北京人在纽约》里那句话更好的来描绘纽约了。在即将离开这个熟悉又陌生的城市，我想对纽约说：我爱你。

纽约，一个天堂般的城市。

我也相信我跟纽约之间的缘分。我几乎不曾想过自己是这么不甘的一个姑娘，起初我只是简单地努力着，我想遇到我心中的那个好男人，在合适的年龄去婚嫁生子。但一路走来，似乎内心深处又是那么的不甘，隐秘的、无人理解的不甘。而纽约，她抚平了我生命里的所有不甘，抚平了我生活中所有痛苦的伤口。

纽约，一个实现我所有梦想的城市，让我在希望破灭后又重新拾回了生活的希望，找到了生活的意义和乐趣。纽约让我知道，生活在于自己，不在于别人。在这里，我开始变得那样的心平气和，从容淡定。于是，我又开始抓

纽约，一个包罗万象的城市

紧一切机会尽情地去活，自由自在地去活，想做的事情立刻去做，想爱的人就会马上去告诉他，不会去伤害任何爱自己的人，因为说不定明天我会死，要是我不死，说不定别人也会死……

　　纽约，一个地狱般的城市。

　　曼哈顿拥挤的街道，十字路口匆匆的行人，地铁站台里浓浓的尿骚味，热气逼人污浊的空气，地铁轨道上四处乱窜的巨型老鼠。上下班时间拥挤的地铁，排在队尾的我总是能走上前去挤上地铁，我在地铁门缓缓关闭后，会趴在门上看着那些挤不上车的大胖子无奈地对着我微笑。每天坐在地铁里睡觉疲于奔命的上班族，办公室里有无数文件要看和无数电话要打，华尔街那些穿着西装打着领带人模狗样的金融家，天天都像打了鸡血一样拼命，因为今天不拼命，明天被淘汰的就可能是你，充斥着资本家的无情。

　　纽约就是这么一个什么都不缺的城市，就这么一冬一夏，一春一秋，樱花开过了，细雨淋过了，枫叶红过了，大雪飘过了，眼泪流过了，痛苦熬过了，快乐放过了，幸福错过了。有人在这里相遇，有人在这里别离，有人在这里欢喜和收获，有人在这里哀愁、愤怒和失意，就这样无数故事从这里浪漫地开始，也从这里无情地结束……

　　纽约，一个包罗万象的城市。

　　走过纽约最繁华的第五大道和最有名的时代广场，我常常忍不住抬头去看帝国大厦，看它在不同的节日里亮起的景观灯，圣诞节的红绿色，华盛顿诞辰纪念日和美国国庆节的蓝白红，哥伦布日的绿白红，情人节的一颗红心，甚至还会在中国农历春节，再换上传统的大红色灯笼。

这是座包容的城市，也是座充满奇遇的城市，你可以在这里找到想要的一切，想要的爱情，想要的事业，想要的生活，想要的梦想；你也可以在这里失去很多，失去童真，失去最珍贵的爱，失去心底的善良，失去最初的信念……

纽约，一个永不停息的城市。

每个人的心里都曾有过这样一座城。那里的空气污浊，日子喧闹，生活忙碌，游客日复一日地堵满拥挤的街头，上班族永远的步履匆匆和神情冷漠。或许这里的士比公车还难等，这里的一切都拥挤、喧闹、浮华，所有夺目的景色都化成了光，落在你心头变成了斑驳难辨的形状。经常听到地铁里人们说着完全不懂的世界各国的语言，心里也会忍不住觉得厌烦；偶尔看到街头赤裸的行为艺术，心里也会窃喜地拿自己的审美观去点评一下他们赤裸的艺术。这是一座你承担不起也解释不清的不分昼夜的城市，到头来，我们依旧是爱它……

纽约，一个风情万种的城市。

纽约有数不尽的摩天大楼，看不完的车水马龙。怀揣

曼哈顿的雕塑

各种梦想的人们，来自不同国家，有着不同的信仰，处于不同境遇，他们巧遇在街头的小酒吧，邂逅在街角的路灯下，因为好奇而互相吸引，因为寂寞而相互交谈，在这个充满偶遇和搭讪的城市，天天都在演绎着别样的风情与不同浪漫。我喜欢站在帝国大厦看纽约，放眼望去近处是无数的高楼大厦，远处是清晰可见的天际，又有谁会不喜欢帝国大厦呢？无数的悲欢离合在这里上演，多少浪漫的爱情在这里被见证。站在那里，就让我相信爱情，满意于人生的悲喜交集。在帝国大厦顶上的秋风中，我看着纽约的夜景，纽约就是那个让你又爱又恨，此时天堂彼时地狱的城市……

世界太大，而我太小；爱虽泛滥，承诺却太重；生活虽精彩，但日子依然难熬。一次告别我就可以确定永不再见，而下一回寒暄的内容总可以再说世界这么大，城市却那么小。

那一年的相遇和相识，又该是怎样的庆幸和侥幸，生活在这里并不是天天都精彩，这里曾让我流过无数次泪，曾让我绝望无助过，这里也曾给我带来无数荣耀和惊喜，学习工作生活友情爱情，我在这里收获到的一切也是那样的无法替代。

纽约，给予我的感觉总是那样说不清道不明，就这样，我无可救药地爱上了这里。

纽约，再见

　　如果你爱一个人，请带他去纽约，那里是天堂；如果你恨一个人，也请带他去纽约，那里是地狱。二十多年前《北京人在纽约》中的镜头和街景，除了世贸大厦不复存在，平常我依然能找到那部电视剧中一模一样的地方。这个城市别说二十年前，上百年的建筑还都依然耸立在那里，捍卫着这个城市。

　　对纽约开始说再见，先从纪念我收到了美国工卡开始。从两年前刚落地的一个学生，到成为一个合法的工作者我用了两年的时间，表面上是我的身份发生了变化，而其实发生最大变化的不是我的身份，而是那些潜移默化看不见的变化才会让我感到沉重。

　　时间真的很快，两年前的8月感觉还像是昨天，然而我却在纽约度过了八百多天。忽然发现，那个8月是我人生中最紧张最忙碌最恐慌最黑色和最惊喜的8月，那年的8月或许今生都会时不时地浮现在我的脑海里，再也不会忘记了，永远都感觉那个8月是昨天。

　　多年前的那个8月，我从新疆到北京，那个8月改变

了我后来十年的生活，而两年前的那个 8 月，我相信足以
改变我后半生的生活。我刚从家去北京读书那些年，每次
在火车站，妈妈总是哭得不行，我却想装一下也没眼泪，
曾经很多年我在北京不曾流过眼泪，也怀疑过自己是不是
泪腺坏了，所以不会流泪。而在纽约，我经常不知道被什
么触动了神经，经常感到伤感，偶尔还哭得一发不可收拾。

那年大年初一，早晨 7 点多，我躺在纽约的公寓里，
望着冻有窗花的窗户，从那里阵阵飘进来的是韭菜馅饺子
的味道。大清早，我居然被闻醒了。这应该是我永远都不
会忘记的一种味道，闻着那饺子味，我躺在床上流下了眼
泪。那不仅是饺子的味道，更是思乡的味道，中国的味道。
很多人总说移民好，但你真的在海外见到移民，一谈到中
国，他们的眼神总流露出神往的感觉。这种感觉和体会也
只有当你们亲自去那里生活了才会有，而不是仅仅去考察
或旅行，待十天半个月回来就说美国很好。我刚来美国的
头半年，我也觉得好，什么都比中国好，后来，再后来……
就只剩下"独在异乡为异客"，以及"每逢佳节倍思亲"
的感觉了。

"我会擦去我不小心滴下的泪水，还会装作一切都无
所谓。"不曾忘记我在心情低谷的时候，在法拉盛的华人
茶餐厅突然听到伍佰的《浪人情歌》，歌声是那么的打动
人，眼泪就像开了闸门的洪水，坐在那里尽情地哭。

　　不曾忘记，当我站在帝国大厦的楼顶，看着曼哈顿的灯火光辉，我知道，如果我在纽约十年后，终究会有一盏灯为我而亮。

　　不曾忘记，下班后经常独自去看百老汇看各种演出，那场哈得逊河上的大小提琴演奏的名剧即便没听懂，至今还是忘不了哈得逊河上美丽的夜景。

　　纽约大大小小共计一百多个博物馆，我去过很多次大都会、自然历史博物馆以及现代艺术馆，我在纽约这几年共计去过三四十个博物馆，其中包括世界上只有两个、美国唯一的一个性博物馆，至今还没有遇到比我去过纽约博物馆更多的人。

　　毕业前在华尔街找到了工作，工作半年赚到的美元几乎 cover 了我在美国最后一年全年的花费。在中国，我们上班刷微博、逛淘宝、聊 QQ，而我在华尔街上班时，每天 8 小时经常忙得连吃饭时间都没有。那种精神和意志上的苦难会让你成长，会让你去收获这些所谓的阅历和经历。

　　纽约最后的半年，应该是我生活变化比较大的半年，不管是从学习生活工作上，甚至是心态上，都发生了很多改变。从最初的迷茫无助到现在的从容自如，时间真的能改变一切，生活是最好的老师。其实当初毕业选择在北京，只是一种习惯，习惯了北京那种忙碌的生活，习惯了走哪都不需要看地图，习惯了去动物园天意万通小百货市场去淘货。而准备要回北京时，却发现自己好像已经习惯了纽约，知道去哪里买东西，知道去哪里吃饭，知道怎么换乘地铁到每个地方，知道去哪里可以丰富自己的文化生活，等等。纽约不再是那个让我感觉寸步难行的城市，我不再恐惧，不再紧张，而是非常坦然面对一切的惬意和轻松。

我喜欢游荡于中央公园之中，感受闹市中的一份平静；我喜欢游走于布鲁克林大桥上，回首看看曼哈顿的夜景；我喜欢步行于纽约的大街上，一直抵达你想要前往的地方；我喜欢在SOHO区吃一个完美的Brunch，再流连于这里的各家小店；我喜欢时代广场的灯火辉煌，看着那里滚动的大屏幕和来自世界各地的面孔；我喜欢曼哈顿拥挤狭窄道路旁的小公园，走累了随时可以闭上眼睛在草地上躺一躺，在那里的椅子上坐一会，看着人们带着孩子奔跑，看着年轻的姑娘们穿着比基尼在那里日光浴；我喜欢纽约的四季分明，春天可以去看樱花，夏天可以去吹海风，秋天可以去看枫叶，冬天可以去滑雪；我喜欢曼哈顿的狂欢和热闹，还喜欢熊山五彩斑斓的金秋和宁静。

我不喜欢地铁里老鼠横穿，却喜欢看着地铁快速通过时轨道对面的人来人往；我不喜欢离别，却在纽约中央火车站感受到难得的平静；我不喜欢人潮涌动，却无数次在曼哈顿的人群中找到快乐；我不喜欢快节奏的生活，却喜欢在大都会博物馆放慢脚步；我不喜欢这里的飓风和暴雪，但无论晴天还是雪天，无论春夏秋冬，纽约都展示了它最特别的一面。纽约或许不是一个适合居住的城市，但我却从来无法抵抗它的魔力。

我记得曾经有一首歌诠释纽约人的心态："If you can make it here, you can make it anywhere." 这句话的意思是指在纽约待过的人，在世界任何各地方都可以待得下去，只因为在纽约所培养的韧性和毅力，不是其他城市能够赋予的。

纽约，这里似乎能满足你想要的任何一种生活。而纽约客的生活可以告一段落了，尽管不知道未来的生活会是什么样子，但我也会朝着心中的理想生活努力奔跑。

再见，纽约客。

再来，已是过客。

If you can make it here, you can make it anywhere.

图书在版编目（CIP）数据

纽约纽约／赵静著. —上海：上海三联书店，2019.8

ISBN 978-7-5426-6675-8

I.①纽… II.①赵… III.①随笔－作品集－中国－当代 IV.①I267.1

中国版本图书馆CIP数据核字(2019)第074739号

纽约纽约

著　　者／赵　静

责任编辑／朱静蔚
特约编辑／周青丰
装帧设计／微言视觉 | 乔　东
监　　制／姚　军
责任校对／丁敏翔

出版发行／上海三联书店
　　　　　（200030）中国上海市徐汇区漕溪北路331号中金国际广场A座6楼
邮购电话／021－22895540
印　　刷／山东临沂新华印刷物流集团有限责任公司

版　　次／2019年8月第1版
印　　次／2019年8月第1次印刷
开　　本／787×1092　1/32
字　　数／145 千字
印　　张／9.5
书　　号／ISBN 978-7-5426-6675-8／I·1519
定　　价／68.00元

敬启读者，如发现本书有印装质量问题，请与印刷厂联系0539－2925680。